VERTIGES DE LA PEUR

DU MÊME AUTEUR

chez le même éditeur :

Sans issue.
Éclair en Z.
Équipe spéciale.
Commando secret.
Secteur dangereux.
Signaux dans l'ombre.
Poursuite à l'aube.
Lignes de force.
Face au traître.
Position clé.
Attaque invisible.
Sabotages sanglants.
Voyageurs secrets.
Services ennemis.
Expédition sans retour.
Les hommes de la nuit.
Renforts d'urgence.
Pas de preuves.
Dossier dynamite.
Message priorité.
S.O.S. situation intenable.
Courrier Balkans.
Dernier jour.
Information contre X...
Les mains libres.
État d'alerte.
F.X. 18 perd ses chances.
Dispositif mystère.
Coplan contre-attaque.
Banc d'essai.
Base d'attaque.
Antennes mortes.
Coplan préfère la bagarre.
Offensive incognito.
Coplan joue sa peau.
Défi aux ténèbres.
Coplan contre l'espionne.
Commando casse-cou.
F.X. 18 se défend.
Force de frappe.
Coplan riposte.
Le temps des vendus.
Indicatif F.X. 18.
F.X. 18 doit sauter.
Coplan bouscule le Vieux.
Ordres secrets pour F.X. 18.
Coplan frappe à la tête.
Coplan coupe les ponts.
Coplan sauve la mise.
Coplan fonce au but.
Huis clos pour F.X. 18.
Coplan dans la fournaise.
Barrage à Bogota.
Coplan dans le labyrinthe.
Contacts Est-Ouest.
Coplan sur la corde raide.
Complot pour demain.
Coplan revient de loin.
F.X. 18 relève le gant.
Coplan à l'affût.
Jouez serré, M. Coplan.
L'étrange duel de Coplan.
Coplan fait coup double.
Le Vieux gagne la belle.
Coplan vise haut.
Coplan rend coup pour coup.
Coplan roule sur l'or.
F.X. 18 choisit son heure.
Coplan vide son sac.
F.X. 18 joue avec le feu.
Les rendez-vous de Coplan.
Coplan fait mouche.
La nuit de Coplan.
F.X. 18 change de piste.
Des sueurs pour Coplan.
Coplan traque le renard.
La pitié de Coplan.
Coplan prend parti.
Coplan va jusqu'au bout.
Mission Rangoon pour F.X. 18.
Un diplomate nommé Coplan
Singapour appelle Coplan.

Aux Presses de la Cité :

Coups durs.
Étau sans pitié.
Exécution sommaire.
Manœuvres nocturnes.
Coplan tente sa chance.
Stoppez Coplan.
Trahison aux enchères.
Projet terreur.
Coplan brouille les cartes.
Casse-tête pour Coplan.
Les silences de Coplan.
Coplan mène la danse.
Coplan se révolte.
Coplan paie le cercueil.
Coplan fait peau neuve.
Coplan met le feu aux poudres.
Coplan fait ses comptes.
Coplan contre-attaque.
Coplan frappe à la tête.
Coplan ouvre le feu.
Coplan sort ses griffes.
Coplan redresse la barre.
Coplan dans la guérilla.
Coplan prend le large.
Coplan part en croisière.
Plan traquenard.
Coplan et le bataillon fantôme.
Agent de choc.

Dans la collection « Kenny » :

Coplan fait école.
Ville interdite.
Recours au meurtre.
Attention : radar.
Patrouille noire.
Le rapport secret de Coplan.
Coplan a la dent dure.
Coplan va trop loin.
Coplan a le dernier mot.
F.X. 18 ne perd pas le Nord.
Les démons de Bali.
Coplan sème la panique.
Coplan se venge.

Écueil à Récife.
Les cibles de la nuit.
Au nom des victimes.
L'ombre et la solitude.
La peur des autres.
Rendez-vous à Malmö.
Consigne impitoyable.
Envoyez F.X. 18.
F.X. 18 en difficulté.
La Java de Coplan.
Coplan attire la foudre.
Diplomatie de la terreur.
Sans foi ni loi.
Coplan fait des siennes...
Enjeu tragique.
Les astuces de Coplan.
F.X. 18 corrige le tir.
Raid 59.
Deux filles, du fric et des bombes.
Le dragon de jade.
Les poignards de Chiraz.
le Grec de Dakar
L'atome sur la gorge
La vénus de Kyoto.
F.X. 18 doit sauter.
Guet-apens pour F.X. 18.
Les tentations de la violence.
Action immédiate.
Coplan brûle les étapes.
Feu vert pour Coplan.
Coplan monte en ligne.
Le Bastion du Pacifique.
Coplan va de l'avant.

Coplan connaît la musique.
Exécutions sommaires.
Tous contre Coplan.
Pas de miracle pour l'espion.
Coplan fonce au but.
Des sirènes pour F.X. 18.
Le fracas des armes.
Les sentiers de la haine.

PAUL KENNY

VERTIGES DE LA PEUR

FLEUVE NOIR
6 rue Garancière Paris 6e

ISBN : 2-265-00944-X

L'auteur tient à préciser qu'il s'agit ici de fiction pure et que toute ressemblance avec des personnes ayant existé ou qui existent, de même que toute analogie avec des situations appartenant à l'actualité, doivent être considérées comme étant le fait du hasard. Le présent ouvrage ne veut être pris, rappelons-le, pour autre chose qu'une œuvre d'imagination.

L'AUTEUR.

CHAPITRE PREMIER

C'est en traversant la place Victor-Hugo pour aller vers l'avenue Bugeaud que Christian Mergin eut soudain l'impression qu'il était suivi. Il en éprouva un tel choc que son estomac se contracta et que ses jambes devinrent molles. Il resta un moment sur le bord du trottoir, vaguement désemparé.

Peut-être ne s'agissait-il que d'une coïncidence, après tout ? Il y a des hasards étranges. En tout cas, le doute n'était pas possible : c'était la deuxième fois en moins d'une heure qu'il voyait ce type en pantalon de toile beige et en polo gris, aux longs cheveux blonds, la cigarette à la bouche et trois livres de poche dans la main droite.

Dominant son bref désarroi, Mergin décida d'effectuer une vérification. Il fit demi-tour, se dirigea vers le bureau de poste et y entra.

Il y avait peu de monde aux guichets. En cette fin du mois d'août, ce quartier chic de Paris est encore à moitié dépeuplé. Les habitants des beaux immeubles sont au soleil, la plupart des magasins sont fermés, les voitures rangées le long des trottoirs sont rares. En fait, on ne rencontre guère que des travailleurs immigrés qui sont trop pauvres pour passer leurs vacances dans leurs lointains pays.

Mergin acheta quelques timbres-poste, demanda des renseignements concernant les nouveaux tarifs pour les envois destinés à l'étranger, reçut de l'aimable préposée un dépliant sur lequel figuraient les principales taxes postales. Il paya et sortit.

Du premier coup d'œil, il repéra le blond en polo gris qui stationnait au coin de la rue Copernic. Agé d'environ 25 ans, athlétique, le teint bronzé, l'homme affichait un air de parfaite insouciance et même d'indifférence. En somme, un badaud qui se trouvait là sans raison précise.

Le test était concluant, et Christian Mergin modifia son programme initial. Au lieu de se rendre chez son ami Jean-Paul Wagner comme il en avait l'intention, il prit la direction de la rue Saint-Didier, s'engagea dans la galerie commerçante et flâna pendant dix bonnes minutes devant les étalages des belles boutiques croulantes de marchandises. Finalement, il acheta du jambon, du fromage et une bouteille de vin de table. Son sac de provisions à la main, il sortit du passage couvert. Une demi-minute plus tard, il fit brusquement demi-tour comme s'il avait oublié quelque chose et il croisa le jeune homme en polo gris qui s'était mis dans son sillage. Très décontracté, le costaud blond n'accorda pas le moindre regard à Mergin et poursuivit sa route, la cigarette aux lèvres.

***

Deux heures plus tard, dans le bureau du commissaire principal Tourain, le téléphone sonna.

La voix impersonnelle de l'un des techniciens du Centre des Ecoutes nasilla dans l'appareil :

— Vous aviez deviné juste, commissaire. Votre client vient d'appeler Wagner pour lui annoncer qu'il avait la migraine et qu'il renonçait à la sortie prévue. Wagner a répondu qu'il était désolé. Point final.

— Merci, dit Tourain. S'il y a autre chose, tenez-moi au courant.

— Bien entendu, acquiesça le policier des Ecoutes.

Tourain raccrocha, regarda en silence les deux hommes qui se trouvaient dans son bureau et qui fumaient tranquillement leur cigarette.

A la fin, le plus jeune des deux visiteurs questionna :

— Toujours rien pour nous ?

— Si, c'était pour nous, révéla l'officier de la D.S.T. (1). Mes compliments, Gozart, vous avez très bien joué le coup. Mergin vient de téléphoner à son ami Wagner pour décommander leur sortie.

— Oh, fit Gozart avec un léger sourire teinté d'ironie, le boulot n'avait rien de compliqué ! Même s'il avait été myope, Mergin aurait fatalement fini par remarquer mon manège. Je faisais tout ce qu'il fallait pour. Avec mon polo gris, ma cigarette et mes bouquins...

— Justement, souligna Tourain, c'était ça la

(1) D.S.T. Direction de la Surveillance du Territoire. Service du contre-espionnage français.

finesse. Il fallait qu'il vous repère sans se douter que vous ne cherchiez que ça !

Le troisième personnage qui se trouvait dans le bureau, un solide gaillard d'une bonne trentaine d'années, aux larges épaules, au visage rude, aux yeux qui dégageaient un magnétisme indéniable, murmura :

— Vous ne croyez pas que c'est un peu tôt pour pavoiser ?

Il se tourna vers Gozart.

— Tourain a raison, vous avez bien joué le coup. Mais j'aimerais avoir votre opinion sur le point suivant : selon vous, quelle a été la réaction de Mergin quand il s'est rendu compte ?

— J'ai eu l'impression très nette qu'il a été surpris quand il m'a vu à la place Victor-Hugo. J'ai décelé dans son attitude une sorte de flottement. Après un moment d'hésitation, il est allé au bureau de poste et il y est resté une dizaine de minutes. Je suis sûr qu'il voulait savoir à quoi s'en tenir. Quand il est sorti et qu'il m'a aperçu, il a décidé de pratiquer un dernier contrôle et il s'est rendu à la galerie de la rue Saint-Didier. A ce moment-là, il a vraiment compris. Et je n'ai pas insisté.

— Voici ce que vous allez faire. Vous allez surveiller le domicile de Mergin sans vous montrer. Si Wagner se pointe, vous restez dans l'ombre. De toute manière, Wagner ne s'attardera pas. Aux environs de minuit, vous reprenez la surveillance d'une façon ostensible.

Tourain grommela :

— Quelle est votre idée, Coplan ?

Francis Coplan, car c'était lui, l'agent numéro Un du S.D.E.C. (1), s'expliqua :

— Mergin et Wagner n'ont plus grand-chose à nous apprendre à Paris. Nous connaissons leurs accointances, nous avons des photos, des enregistrements, bref, leurs activités *hexagonales* sont du domaine de la routine. Ce qui nous intéresse désormais, ce sont les relations internationales de ces deux zèbres. Pour découvrir la filière, une seule méthode : affoler ces deux types. En d'autres termes, les acculer à commettre une fausse manœuvre. Qu'en pensez-vous, Tourain ?

Le commissaire prit son temps et alluma une de ses éternelles cigarettes papier maïs.

— Je comprends votre point de vue, Coplan, émit-il en fin de compte, mais, une fois de plus, vous tirez la couverture à vous. Si Mergin et Wagner sont des espions, mon devoir est simple : les épingler et les livrer à la Justice.

Coplan opina, le masque dur.

— C'est votre droit le plus strict, admit-il. Mais cela vous mène à quoi, commissaire ? Dans le pire des cas, ils s'en tireront avec quelques mois de prison. Ils seront vite remplacés et les patrons de l'organisation pour laquelle ils opèrent poursuivront leurs activités néfastes. Je reconnais que je prêche pour ma chapelle, mais enfin, si nous envisageons les intérêts supérieurs de la France, l'arrestation de Mergin et de Wagner ne constituera jamais une victoire fumante, vous le reconnaissez ? En revanche, si nous réussissons à percer

(1) Service de Documentation Extérieure et de contre-espionnage — opère en principe hors du territoire national.

le mystère des gens qui manipulent ces deux lampistes, c'est autrement important, non ?

— Je n'ai pas le choix, Coplan. Depuis tant d'années que nous travaillons ensemble, vous refusez obstinément de comprendre ma position. Je ne suis pas payé pour laisser courir des espions contre lesquels j'ai rassemblé des preuves indiscutables, *je suis payé pour les arrêter.*

— En somme, résuma Coplan, vous estimez que votre devoir de policier consiste à lâcher la proie pour l'ombre ? Dans ce cas, inutile de discuter. Coffrez ces deux lascars et n'en parlons plus.

Il se leva.

Tourain, visiblement contrarié, marmonna :

— Ne montez pas sur vos grands chevaux. A la rigueur, et pour vous faire plaisir, je pourrais vous accorder un délai. Rien ne m'oblige réellement à appréhender ces deux suspects dans les vingt-quatre heures. Mais où voulez-vous en venir exactement ? Ce Wagner est un agent à la solde de l'U.R.S.S., nous le savons. Qu'espérez-vous découvrir de mieux ?

— Je voudrais savoir qui dirige cette filière et comment elle est articulée. Wagner n'est qu'un pion secondaire sur l'échiquier. Ce type ne m'intéresse pas. Je suis presque sûr que son amie Nicole joue un rôle dans cette histoire.

— Je ne vous empêche pas de vous occuper d'elle, rétorqua le commissaire, acerbe. Tout le monde sait que vous avez un faible pour les jolies filles.

Coplan ignora la pointe ironique du policier.

— Voyons, Tourain, plaida-t-il, si vous épinglez Wagner, vous me coupez l'herbe sous le pied. La belle Nicole ne m'intéresse que pour ses relations avec Wagner.

— Que vous dites ! grinça le commissaire en faisant tomber sans le vouloir une pluie de cendre sur le devant de sa veste.

Il ajouta sur un ton plus amical, tout en balayant ses revers du bout des doigts :

— Comme vous me l'avez demandé, j'ai fait vérifier les tenants et aboutissants de Nicole Bonnel. Cette nana est blanche comme l'hermine. Même les Renseignements Généraux et la Mondaine n'ont rien sur elle. J'ai précisé à l'inspecteur Natin que vous suspectiez cette fille d'exercer la profession de call-girl ; il s'est montré fort sceptique. La plupart des poules de luxe qui se livrent à cette activité sont repérées. On ne les embête pas mais on les connaît.

— Curieux, dit Coplan, songeur. La façon dont elle s'y est prise pour nouer la conversation avec moi m'avait fait tiquer.

— Les jolies femmes de Passy ont souvent du goût pour les gars de votre espèce.

— Vous me flattez, Tourain. Mais, n'ayez crainte, je finirai bien par savoir à quoi m'en tenir. D'ailleurs, pour ne rien vous cacher, je dois la revoir ce soir même. Je lui ai proposé de prendre un drink au bar du Ritz, histoire de tenter ma chance, et elle a accepté.

Tourain articula avec acrimonie :

— Vous allez vous la farcir, c'est couru d'avance. Votre conscience professionnelle est de notoriété publique. Vous avez un job agréable, pas de doute.

— Car vous croyez que c'est pour mon plaisir que je m'efforce de séduire cette souris ?

— Je n'en doute pas un seul instant, affirma le policier. Vous ne le savez peut-être pas vous-même, mais moi je le sais.

— Vous avez une piètre idée de ma personne, soupira Coplan, déçu.

— Cause toujours, renvoya le commissaire. Revenez me voir demain après-midi, je vous dirai s'il y a du nouveau et vous me raconterez vos exploits.

— Entendu, opina Francis en souriant.

Il se tourna vers l'inspecteur Gozart qui avait assisté sans broncher à ce cordial duel oratoire.

— Je compte sur vous pour fignoler le travail. Notre but, c'est de flanquer la trouille à ce corniaud de Mergin et à son copain Wagner. Si ces deux minables se mettent à paniquer, il en sortira sans doute quelque chose.

— J'ai très bien compris vos intentions, monsieur Coplan, assura le jeune flic.

***

Jean-Paul Wagner était un grand type mince, âgé de trente-deux ans. Son visage aux traits aigus avait une sorte de beauté adolescente qui ne manquait pas de virilité, mais son expression fermée, sa voix sèche et ses gestes brusques dégageaient une méchanceté foncière qui ne suscitait pas la sympathie.

Cette allure de mauvais coucheur ne l'empêchait pourtant pas de réussir dans les affaires. Comme courtier en vins, installé à Strasbourg, sa ville natale, il se faisait des mois plutôt coquets. Spécialisé dans les blancs d'Alsace, il avait repris la clientèle de son père à la mort de ce dernier et il avait considérablement amélioré le rendement des relations paternelles. A tel point qu'il avait pu se payer un pied-à-terre à Paris. Et quel pied-à-terre ! Un appartement de cinq pièces, au deuxième étage d'un bel immeuble de l'avenue Bugeaud.

C'est un peu avant neuf heures du soir que Wagner arrêta sa voiture — un coupé Matra Bagheera, gris métallisé — dans la rue de Flandre, non loin du métro Crimée. Cette rue populaire du 19e arrondissement de Paris ne ressemblait pas du tout au quartier élégant de Passy. En dépit de l'heure et de la saison, il y avait de l'animation et beaucoup de passants : surtout des Noirs et des Arabes, et aussi des groupes de jeunes oisifs.

Wagner descendit de son luxueux coupé et se dirigea à pied vers le domicile de Mergin. Mais il ne s'y rendit pas tout de suite. Auparavant, à toutes fins utiles, il se promena dans les parages et il examina d'un œil attentif les abords immédiats de la maison où habitait Mergin. C'était un de ces vieux immeubles à la façade étroite, d'un blanc sale comme les aimait Utrillo. Mergin occupait là, au premier étage, un appartement vieillot, étriqué, d'une propreté douteuse.

Quand Wagner eut la certitude que personne ne surveillait la bicoque en question, il traversa la rue et sonna.

Mergin parut soulagé en voyant son ami.

— Je vous attendais avec impatience, dit-il. Venez.

Ils montèrent au premier, pénétrèrent dans l'appartement. Wagner, comme chaque fois qu'il venait en ces lieux, se sentit déprimé par l'aspect minable de ce décor. Comment pouvait-on vivre dans un endroit pareil, y passer des heures et des heures ? Pourtant, ce logement reflétait bien la personnalité de son occupant. Christian Mergin lui-même, employé modeste et célibataire de quarante ans, était à l'image de son cadre de vie. Vêtu d'un complet brun qui donnait des signes de fatigue, le teint blafard, pas très bien rasé, les ongles pas très propres, il ne donnait pas une impression de netteté, ni morale ni physique. Son visage poupin et son attitude servile n'arrangeaient rien.

— Alors ? maugréa Wagner. Qu'est-ce qui ne va pas ?

— Je suis surveillé, lâcha Mergin d'une voix blanche. Quand j'ai voulu me rendre chez vous comme convenu, j'ai été suivi.

— Suivi par qui ?

— Par un homme.

— Pas par un chien, évidemment, grinça Wagner. Mais quel genre de type ? Un jeune, un vieux, un individu ayant l'air d'un flic ?

— Un individu qui paraissait âgé de vingt-cinq ans, athlétique, bronzé, vêtu d'un polo gris, le genre sportif, si vous voyez ce que je veux dire.

— Comment avez-vous découvert que vous faisiez l'objet de cette filature ?

— C'est en traversant la place Victor-Hugo pour prendre l'avenue Bugeaud que je me suis rendu compte. C'était au moins la deuxième fois que mon regard tombait sur cet homme.

— Pure coïncidence peut-être ?

— C'est ce que j'ai pensé. Mais je me suis livré à deux ou trois expériences et j'ai compris que le doute n'était plus permis. Je suis entré au bureau des Postes, je me suis promené dans la galerie Saint-Didier, il était toujours là, dans mon sillage... Je suis tout à fait sûr qu'on me soupçonne. Un contrôleur a dû s'apercevoir de quelque chose au bureau.

— Impossible, décréta Wagner de sa voix sèche et coupante. Comment pourraient-ils s'apercevoir de quelque chose ? Vous n'avez jamais dérobé le moindre document, que je sache ?

— Non, bien entendu.

— Alors ? Aussi longtemps qu'on ne vous aura pas surpris en train de photographier un document d'archives, votre activité clandestine est totalement indécelable. Vous vous êtes affolé pour rien.

— Et pourtant, j'en suis certain, cet homme m'a suivi.

— Je ne mets pas vos paroles en doute, mais vous oubliez une chose, ou bien vous l'ignorez : toutes les personnes qui travaillent dans un organisme d'Etat où circulent des documents plus ou moins secrets sont soumises à des surveillances sporadiques. Cette surveillance fait partie des tâches routinières de la D.S.T. Il y a un roulement. Du plus humble commis de bureau au fonctionnaire de l'échelon le plus élevé, tout le monde y passe. C'est votre tour, tout bonnement.

— Puissiez-vous dire vrai !

— Mais enfin, mon pauvre Mergin, réfléchissez. Un policier ne va pas consacrer son temps à vous surveiller indéfiniment, vingt-quatre heures sur vingt-quatre ! Vous n'êtes pas Sorge.

— Sorge ?

— C'était un maître espion dont les prouesses ont changé le cours des événements lors de la dernière guerre. Il servait la même cause que nous.

— A votre avis, ils n'ont aucune raison de me suspecter ?

— C'est l'évidence même. Je vous le répète, à moins de vous pincer en flagrant délit, ils n'ont aucun moyen de vous soupçonner de quoi que ce soit.

— Vous me rassurez.

— Tenez-vous tranquille pendant une quinzaine de jours et l'orage passera. Plus de photos, plus de contacts jusqu'à nouvel ordre. Attendez que je vous donne le feu vert. Je vais m'organiser pour surveiller ceux qui vous surveillent.

— D'accord.

— Je suppose que vous avez quelque chose pour moi ?

— Oui. Deux rapports émanant de la Défense Nationale. Le premier signale que les Britanniques ont recruté six mille hommes pour renforcer leurs troupes stationnées en Allemagne. Le deuxième donne le schéma des manœuvres militaires prévues en septembre prochain dans le Sud-Ouest. Il s'agit de l'entraînement des réservistes du 115e régiment d'infanterie. Ce n'est pas très important, mais j'ai pensé que cela pourrait vous intéresser malgré tout.

— Je vous l'ai déjà dit, mon cher Mergin : *tout*

m'intéresse. En matière de renseignement, toute marchandise est valable. Pouvez-vous me remettre vos clichés ?

— Oui, un instant. Craignant le pire, je les avais cachés dans le double fond de la valise que vous m'avez offerte.

— Sage précaution. Allez les chercher.

Mergin se retira un moment dans une autre pièce de l'appartement, revint et tendit à Wagner un minuscule étui de métal blanc, un de ces étuis utilisés naguère pour transporter deux ou trois comprimés de pharmacie.

Wagner glissa l'étui dans la poche de sa jolie veste en velours beige ultra-léger, un de ces vêtements d'allure *relax* mais de coupe aussi soignée que sophistiquée. L'élégance de Wagner impressionnait Mergin. Celui-ci murmura sur un ton un peu hésitant :

— Notre amie Nicole est-elle rentrée de voyage ?

— Non, mentit Wagner, je crois qu'elle ne sera pas de retour à Paris avant la fin de septembre. Son absence vous chagrine, si je comprends bien ?

— J'aimerais la revoir, avoua Mergin. La dernière fois, elle a été très gentille avec moi. J'ai passé avec elle des moments merveilleux, inoubliables.

— Et coûteux, enchaîna Wagner, mordant. Méfiez-vous de cette créature, Mergin. Si vous vous entichez d'elle, vous finirez sur la paille. Je regrette presque de vous l'avoir présentée.

— Ne regrettez surtout pas cela, dit Mergin. Elle m'a procuré les instants les plus magnifiques de ma vie. Elle est coûteuse, c'est vrai, mais ce qu'elle offre n'a pas de prix en réalité.

— A vous de juger. A ce propos, voici ce qui vous revient pour la fourniture de ce soir...

Il prit dans sa poche-revolver un porte-billets en croco noir, y préleva quatre billets de 500 francs qu'il remit à Mergin. Prononça à mi-voix :

— Soyez économe. Si les circonstances vous empêchent de me faire des livraisons durant quelques semaines, vous risquez d'avoir des problèmes.

Mergin esquissa un sourire un peu confus.

— J'ai quelques économies, dit-il.

— Tant mieux, opina Wagner en se préparant à prendre congé. De toute façon, attendez que je vous fasse signe.

Il s'en alla.

Deux heures plus tard, au moment d'aller se coucher, Mergin, par la fenêtre de la pièce qui donnait sur la rue, jeta un coup d'œil. Il eut un vertige en distinguant, sur le trottoir d'en face, la silhouette caractéristique du type athlétique en polo gris, la cigarette à la bouche, qui déambulait tranquillement.

CHAPITRE II

La note confidentielle transmise par Washington au gouvernement français était formelle : selon les déclarations faites sous serment par un Soviétique, transfuge de la section *Europe* du K.G.B., un citoyen français, nommé Jean-Paul Wagner, opérait comme agent pour les services de Moscou. Le Russe prétendait même qu'il avait eu l'occasion de rencontrer personnellement Wagner, dont il donnait une description parfaitement conforme à la réalité.

La D.S.T. avait aussitôt ouvert un dossier, avait communiqué l'information au S.D.E.C. et avait mobilisé quelques-uns de ses inspecteurs pour se pencher sur cette affaire.

Jusqu'à ce jour, le nommé Jean-Paul Wagner n'avait jamais attiré l'attention du contre-espionnage français.

Francis Coplan, qui rentrait à ce moment-là d'une mission dans le Pacifique, s'était vu confier la tâche d'examiner ce problème en collaboration avec la D.S.T. Fidèle à ses habitudes, Coplan avait commencé par rôder autour du domicile du suspect, avenue Bugeaud. C'est ainsi qu'il avait surpris une petite scène qui l'avait fait tiquer : Wagner sortait de son immeuble en compagnie d'une ravissante jeune femme blonde dont la perfection anatomique était éblouissante. Le couple s'était séparé presque tout de suite, Wagner montant dans un superbe coupé gris métallisé, la fille s'en allant à pied vers la place Victor-Hugo.

Intrigué, Francis avait immédiatement mené sa petite enquête. Les renseignements recueillis avec un maximum de discrétion étaient à la fois intéressants et troublants. Wagner et la superbe nana n'entretenaient, d'après les domestiques de l'immeuble, aucun lien officiel. Ni mariés, ni concubins. C'était déjà bizarre. Mais il y avait plus étrange. L'appartement de Wagner et celui de la donzelle — elle s'appelait Nicole Bonnel — étaient situés tous les deux au deuxième étage.

D'instinct, Coplan avait flairé qu'il y avait là quelque chose d'insolite. Et, le lendemain, par le plus grand des hasards — forgé de toutes pièces, on s'en doute — Francis se trouvait en même temps que la séduisante Nicole dans une galerie de peinture de l'avenue Matignon où avait lieu le vernissage d'une exposition des œuvres d'un artiste roumain d'avant-garde. Nicole, par inadvertance, avait laissé tomber son catalogue aux pieds de Coplan qui, galant, l'avait ramassé. Bref, le dialogue engagé, ils étaient sortis ensemble de la galerie tout en échangeant des propos sur l'art contemporain. De fil en aiguille, Francis avait invité la jeune femme à prendre un thé, mais elle avait un rendez-vous. Il avait proposé alors :

— Un autre jour, peut-être ?

— Si vous y tenez.

— Demain ?

— Pourquoi pas ? Mais pas avant huit heures du soir.

— Eh bien, disons à 20 h 30. Au bar du Ritz ?

— Entendu. Excusez-moi, je dois me sauver.

Elle s'était engouffrée dans un taxi.

Coplan s'en était allé à pied vers les Champs-Elysées, très pensif. Curieux numéro, cette Nicole. Elle avait un corps dont le galbe et les rondeurs avaient une beauté à vous couper le souffle. Son visage, d'un ovale exquis, était à la fois romantique et doux, mais ses yeux étaient froids et profonds comme un océan polaire. Ses cheveux blonds, soyeux et bouclés, faisaient songer à la chevelure fraîche d'une gamine à peine sortie de l'adolescence ; en revanche, sa bouche, aux lèvres ourlées et gonflées de sève, trahissait un caractère réaliste, déterminé, farouchement égoïste. De même, sa voix nette et ses gestes précis ne dégageaient pas du tout l'impression de la candeur d'une âme sensible.

Un cas intéressant, avait conclu Francis.

***

Lorsqu'elle arriva au bar du Ritz, Coplan eut un choc. Elle était vraiment sensationnelle, pas de doute. Avec son chemisier blanc à dentelles — un modèle rétro qui embellissait jadis les jeunes vierges de la bourgeoisie riche — mettant en valeur la pureté de ses traits et le relief de son buste fascinant, sa jupe plissée multicolore aux allures un peu champêtres, elle valait le coup d'œil. Et, en vérité, les clients du bar ne manquèrent pas de la reluquer avec une insistance à peine décente.

Coplan se leva pour l'accueillir.

— Bonsoir, dit-il en souriant.

— Bonsoir.

Elle ne tendit pas sa main, prit place à la table, regarda Francis et murmura :

— Vous avez l'air surpris, pourquoi ?

— J'avais oublié que vous étiez si jolie. Et, pour ne rien vous cacher, je ne me faisais pas trop d'illusions.

— A quel propos ?

— Je craignais que vous me posiez un lapin.

— Ce n'est pas mon genre, laissa-t-elle tomber.

Le garçon vint prendre la commande. Elle demanda un Martini.

Puis, sans sourire, et tout en dévisageant Coplan d'un œil de commissaire-priseur, elle demanda calmement, avec une pointe d'ironie presque mordante dans la voix :

— Entre nous, est-ce que cela vous est déjà arrivé qu'une femme à laquelle vous donniez rendez-vous vous pose un lapin ?

— Non.

— J'en étais sûre. Ce n'est pas votre genre non plus.

— Vraiment ? J'ai toujours entendu dire qu'une jolie femme avait le droit de faire des promesses en l'air pour se débarrasser des importuns.

— Vous êtes très sûr de l'effet que vous produisez sur le sexe féminin, n'est-ce pas ?

— Quelle erreur ! rétorqua-t-il avec amusement. Pour être tout à fait franc, c'est la première fois que j'ai l'audace de formuler une telle invitation à une belle inconnue dont la vue m'a touché.

— Voyez-vous ça ! renvoya-t-elle, incrédule. Un don Juan timide, en somme ?

— Vous me prenez pour un don Juan ?

— Et comment !

Il esquissa une moue désolée en regardant son verre. Il s'était fait servir un scotch-baby auquel il avait à peine touché.

Elle reprit, agressive :

— Oh, ne faites pas l'innocent ! Vous avez bien raison de baisser les yeux car vos regards vous trahissent.

— Mes regards ?

— Je ne suis pas idiote, vous savez ! Vous avez une façon de déshabiller les femmes quand vous les regardez qui ne trompe pas. C'est même ça qui a fini par attirer mon attention dans la galerie de l'avenue Matignon.

Il la fixa bien en face, silencieux. Puis, après un moment, il articula :

— Eh bien, eh bien ! Vous dites des choses qui donnent à penser, chère amie. Si j'en crois vos aveux involontaires, c'est à cause de mon regard choquant que vous avez répondu à mon invitation ?

Prise au piège, elle ne parut pas du tout désarçonnée.

— C'est la curiosité, dit-elle.

— Cette curiosité qui a perdu votre mère Eve et qui nous a chassés hors du paradis ? Que souhaitez-vous, en définitive ?

Trop féminine pour manquer d'intuition, elle

devina que cette passe d'armes ne se terminerait pas à son avantage.

— Et vous ? questionna-t-elle. Que souhaitez-vous ?

— Que vous acceptiez mon invitation à dîner. Je connais un petit restaurant qui se trouve à cinq minutes d'ici et où l'on mange divinement.

— Quelle sera ma quote-part ?

— Le plaisir que votre présence me procurera.

— Sans plus ?

— Je le jure.

Elle eut un petit rire spontané qui révéla qu'elle avait malgré tout un peu de jeunesse sous son masque d'impassibilité. Le bleu glacial de ses yeux parut s'adoucir.

— D'accord, opina-t-elle.

Le garçon vint déposer un Martini devant elle. Coplan, soulevant son verre, murmura :

— A notre soirée.

Elle se contenta de cligner des yeux, but une gorgée, questionna à mi-voix :

— Comment vous appelez-vous ?

— Francis.

— C'est un prénom qui vous va bien. Francis comment ?

— Francis Coplan. Ingénieur, domicilié à Paris mais séjournant onze mois sur douze à l'étranger. Et vous, comment puis-je vous appeler ?

— Nicole.

— A votre santé, Nicole.

De nouveau, il éleva son verre mais elle n'estima pas nécessaire de trinquer. Elle s'enquit :

— A quel titre vous intéressez-vous à la peinture ?

Il posa sur elle, sur sa belle bouche et sur son buste fascinant un regard appuyé qui aurait fait rougir n'importe quelle jeune fille pure.

— La contemplation des belles choses me bouleverse.

Elle ne put réprimer un imperceptible pincement des lèvres.

— Avez-vous acheté une toile pour finir ? demanda-t-elle.

— Non. Tout compte fait, les peintures abstraites, je n'y arrive pas.

— Je l'aurais parié.

— Pardon ?

— Vous ne comprendrez jamais les abstraits. Vous n'êtes pas assez cérébral.

— Euh... Je n'ai pas l'impression que c'est un compliment que vous me faites là.

— Oh, il faut de tout pour faire un monde ! Vous êtes un sensuel pur. Seule la peinture figurative peut vous toucher. Quel est votre peintre préféré ?

— Renoir.

De nouveau, elle laissa échapper son rire de gamine.

— Bien entendu, fit-elle. Les jolis corps duvetés dont les rondeurs éveillent la concupiscence mâle. Vous êtes vraiment l'homme type par excellence. Mais parmi les peintres contemporains ?

— Je les connais peu, à vrai dire. Et, pour vous avouer le fond de ma pensée, je n'en admire qu'un seul : Bernard Buffet. Je rêve d'avoir assez d'argent pour pouvoir m'acheter un jour une de ses toiles. A mon avis, il possède le génie inné de la peinture.

Elle admit, condescendante :

— Pas mal. Vous êtes un instinctif mais vous sentez juste.

— Seriez-vous critique d'art, par hasard ?

— Non.

— Vous avez l'air d'en connaître un bout.

— C'est mon job.

— Vous êtes peintre ? s'exclama-t-il.

— Non.

— Modèle alors ? Je ne sais pas ce que je donnerais pour avoir chez moi un nu pour lequel vous auriez posé.

— Aucun espoir. Je vends de la peinture, tout simplement. Je travaille en courtage libre, si vous voyez ce que je veux dire. Je me tiens au courant des œuvres qui sont disponibles sur le marché, d'une part, et je les propose aux quelques amateurs qui figurent dans mon fichier d'autre part.

— Et vous piquez une commission au passage, naturellement ?

— Naturellement. C'est légitime, non ?

— Mais vous n'avez aucun appointement fixe ?

— Non, puisque je suis indépendante.

— Je préfère mon sort. Je touche aussi une commission sur les appareils que ma société réussit à vendre grâce à moi, mais j'ai un fixe et des frais de déplacements.

— Quels appareils vendez-vous ?

— Des compteurs de précision, des pompes, toutes sortes d'instruments de mesure pour l'industrie pétrolière et l'industrie atomique. Ce n'est pas très artistique, évidemment.

— Il faut de tout pour faire un monde.

— Vous me l'avez déjà dit.

— Je le sais. C'est ma philosophie de la vie.

— Rien ne vous étonne, au fond ?

— Oh, si ! fit-elle, acide. La sottise des hommes, par exemple.

Il la regarda. Elle ne plaisantait pas. Il commençait à s'amuser avec ce drôle de pistolet. Il avança, prudent :

— Est-ce que cela me concerne ?

— Nous le saurons plus tard. Je ne peux pas juger un homme après dix minutes de conversation.

Elle vida son Martini en trois gorgées, suggéra :

— Si nous allions dîner ?

— O.K. Mais promettez-moi de me donner votre diagnostic avant de nous séparer. Si vous me rangez dans la catégorie des idiots, j'aime autant le savoir. Un homme prévenu en vaut deux, n'est-ce pas ?

— C'est promis.

Ils quittèrent la place Vendôme et, à pied, ils se dirigèrent vers l'Opéra. A cette heure, en cette saison, le quartier offrait un visage étrangement paisible. En outre, la soirée était d'une douceur agréable.

Le plus naturellement du monde, Nicole prit le bras de Francis. Elle prononça :

— Vous m'avez dit tout à l'heure que vous étiez presque toujours à l'étranger. Avez-vous un poste fixe quelque part ?

— Non, je galope d'un pays à l'autre selon les ordres de la firme pour laquelle je travaille.

— Dans ce cas, vous avez dû voir beaucoup de pays ?

— Vous savez, c'est très relatif... Dans un sens, c'est vrai, je crois que j'ai visité tous les pays de la planète. Mais de là à dire que je connais les pays que je visite, ce serait exagéré. Je descends généralement dans un palace, je rencontre mes clients éventuels, nous discutons, je prends la commande ou je me casse la figure, et puis je file ailleurs.

— Vous n'êtes pas marié ?

— Dieu merci ! Mon épouse ne serait qu'une sorte de veuve.

— En somme, vous vivez seul ?

— Oui.

— Je ne crois pas un traître mot de ce que vous me racontez.

— Ah bon ? Vous me prenez donc pour un menteur ?

— Je n'ai pas dit cela.

— Je vous demande bien pardon. Si vous ne croyez pas ce que je raconte, c'est que je suis un menteur.

— Non, mais quand vous m'assurez que vous vivez seul, je ne marche pas. Vous êtes un homme à femmes.

— De mieux en mieux ! Je suis un don Juan, je suis un menteur et je suis un homme à femmes. Vous allez fort.

— Je me comprends. Jusqu'à présent, mon intuition ne m'a jamais trompée. Je suis évidemment trop jeune pour avoir une grande expérience des hommes, mais, je le répète, je ne me suis jamais trompée jusqu'à présent. Je sens que vous êtes un cavaleur et que vous ne tombez pas souvent sur un bec de gaz.

— Si c'est comme ça, rétorqua-t-il, renfrogné, vous prenez des risques en acceptant mon invitation à dîner.

— Détrompez-vous. J'accepte de dîner avec vous par curiosité, mais c'est tout.

— Que voulez-vous dire ?

— Si vous vous imaginez que je coucherai avec vous pour payer la soirée, vous êtes complètement à côté de la question.

— Je ne m'imagine rien du tout, grogna-t-il, bourru.

— Par contre, si je peux vous vendre un tableau, je n'aurai pas perdu mon temps.

— C'est ici, à droite, dit-il en l'entraînant dans la rue Daunou.

Le restaurant, de l'extérieur, ne payait pas de mine. Mais, à l'intérieur, la petite salle était un enchantement. Il y faisait calme, intime, très agréable. Les huit tables recouvertes de nappes blanches étaient suffisamment espacées pour permettre aux clients de se sentir à l'aise. Le décor, d'une sobriété de bon ton, n'accrochait pas l'œil.

Nicole se commanda une entrecôte avec des pommes rissolées, Francis choisit une aile de canard accompagnée de purée. Le service était rapide, simple, efficace, et les assiettes chauffées dénotaient la classe de l'établissement. Une bouteille de Mouton-Rothschild d'une grande année compléta le menu.

Ils entamèrent leur repas. Et Coplan ne tarda pas à se rendre compte que son invitée, en dépit de ses airs de madone, avait une bonne fourchette. Et qu'elle appréciait le bon vin. Il en fut touché.

Il demanda :

— Cela vous plaît ?

— Je me régale.

— J'aime les femmes qui ont bon appétit.

— J'en étais sûre, dit-elle sans sourciller.

— Sûre de quoi ?

— Que mon appétit vous plairait. La gourmandise à table et la gourmandise au lit vont de pair. Un homme de votre espèce sait ces choses-là.

Francis déposa sa fourchette et regarda la jeune femme.

— Je finirai par croire que vous avez des idées toutes faites, murmura-t-il. Une fois pour toutes, pour vous, je suis un séducteur auquel rien n'échappe, n'est-ce pas ?

Elle ne répondit pas. Comme il continuait à la dévisager, elle lança, ironique :

— Mangez ! Votre canard refroidit...

Il haussa les épaules, se remit à manger, le faciès taciturne. Après un moment, après avoir vidé son verre, elle s'enquit d'un air détaché :

— Vous êtes fâché ?

— Je ne trouve plus rien à dire. Vous retournez toutes mes paroles contre moi. J'en conclus que j'ai intérêt à me taire.

— Pas moi. Aimeriez-vous vraiment acheter un Buffet ?

— Oui, mais c'est un peu au-dessus de mes moyens.

— Je connais quelqu'un qui pourrait vous céder une très belle toile de Buffet pour trois briques. Un paysage de Paris. Vous connaissez cette série : un Paris désert, presque linéaire, assez fantastique au fond.

— Je connais. Mais tous les tableaux de la série ne sont pas de la même valeur picturale.

— C'est une question de goûts personnels.

— Pouvez-vous me décrire la toile en question ?

— Je peux faire mieux. J'en possède une reproduction.

— Montrez.

— Je ne l'ai pas sur moi, naturellement. Mais je pourrais vous l'envoyer par la poste. Ou alors, si vous n'avez rien de mieux à faire ce soir, venez voir cette photo chez moi.

— D'accord.

— Je vous offrirai même un digestif en prime.

— Où habitez-vous ?

— Avenue Bugeaud, dans le 16e.

— O.K. Mais je vous préviens qu'avant d'acheter le tableau, je le ferai expertiser.

— Cela va de soi. J'en ferais autant. Il y a tellement de faussaires qui peuplent le marché. Mais, n'ayez crainte, la toile dont je vous parle est authentique.

— Je l'espère bien.

— Puisque je vous le dis.

— Je ne suis pas obligé de croire tout ce que vous me dites. Du moment que vous me considérez comme un menteur, je suis en droit de vous renvoyer la balle.

— Vous mélangez tout. Nous sommes sur le plan des affaires maintenant.

— Justement.

Elle termina son assiette, vida de nouveau son verre de vin que Francis avait rempli entre-temps.

— Nous sommes bien d'accord, articula-t-elle d'une voix calme, je vous emmène chez moi pour vous montrer la reproduction du tableau de Bernard Buffet. Un point c'est tout.

— Soyez au moins logique avec vous-même, grinça-t-il. Si je suis le cavaleur que vous pensez, je n'attends pas après vous pour agrémenter mes nuits de célibataire.

— Il vaut quand même mieux mettre les choses au point, dit-elle.

Elle passa le bout de la langue sur ses jolies lèvres gonflées de vie et de jeunesse, aspira une profonde bouffée d'air et murmura :

— Quel dessert me recommandez-vous ? J'ai vu sur la carte qu'il y en a des quantités.

— La spécialité de la maison, c'est la crêpe flambée à l'armagnac. Succulente, soit dit en passant.

— Je prends.

— Du café ensuite ?

— Volontiers.

Coplan appela le garçon et passa la commande. Puis, sortant son paquet de Gitane :

— Cigarette ?

— Pas une Gitane, merci. Je ne fume pas habituellement, mais une Kool ne me déplaît pas quand je suis en forme.

Coplan se fit apporter un paquet de Kool, l'ouvrit, le présenta à la jeune femme. Il lui donna du feu, alluma sa Gitane, prononça en rejetant de la fumée par la bouche et par les narines :

— Si je comprends bien, vous êtes en forme ce soir ?

— C'est vrai.

— Le repas vous a plu ?

— Oui, et je me suis bien amusée. De plus, la perspective de vous vendre un tableau me réjouit. Je suis persuadée que vous aimerez mon Buffet. Vous ne pourrez pas résister.

— Les affaires sont les affaires, admit-il, sentencieux. C'est pour ça que vous avez accepté mon invitation, non ?

— Bien sûr. Pourquoi aurais-je accepté sinon ?

— Ben dame, les galeries de peinture constituent votre terrain de chasse. Je comprends maintenant. Si j'avais eu soixante-quatorze ans, le scénario aurait été le même.

— C'est clair.

Après le café, ils quittèrent le restaurant. Coplan héla un taxi. Nicole donna l'adresse et ils embarquèrent.

CHAPITRE III

Caché derrière le rideau de la fenêtre qui donnait sur la rue de Flandre, toutes les lumières de son appartement éteintes, Christian Mergin observait, d'un œil fasciné, l'inconnu qui surveillait son domicile. L'individu en polo gris paraissait étrangement décontracté. Il allait et venait, fumant cigarette sur cigarette, l'air paisible. Il ne levait jamais le regard vers les fenêtres du deuxième étage, et il ne se souciait pas non plus de camoufler sa présence.

Certes, tous les fonctionnaires de la Défense en contact avec des secrets d'Etat sont soumis aux contrôles routiniers de la D.S.T. Sur ce point-là, Wagner avait raison. Et il suffisait de se tenir tranquille en attendant que le danger s'éloigne.

Mais... s'il s'agissait d'autre chose ? Si les agents de la Sécurité avaient découvert que lui, Mergin, photographiait des documents pour les transmettre à un personnage qui n'avait pas, légalement, le droit d'en prendre connaissance ?

A cette pensée, Mergin se sentait pris de vertige. Si les mots ont un sens, il était bel et bien un espion. On parlerait de lui dans les journaux, on le jetterait en prison pour cinq ou six ans.

Pourquoi ai-je accepté les offres de Wagner ? se demanda-t-il amèrement. Je ne suis qu'un pauvre type sans volonté.

Cette histoire avait commencé si bêtement. Il avait rencontré Wagner à une conférence et ce dernier lui avait témoigné une sympathie instantanée. Ils étaient allés prendre un verre ensemble dans un bistrot proche de la salle Pleyel et ils avaient bavardé. De fil en aiguille, cette amitié s'était consolidée. La vie triste et solitaire de Mergin en avait été transformée. Quelques semaines plus tard, Wagner avait fait connaître à son ami une de ses copines d'enfance, Nicole, et ç'avait été le coup de foudre. C'est dans les bras de cette merveilleuse fille que Mergin avait enfin connu l'amour...

Evidemment, Nicole avait des besoins d'argent. Seule à Paris, exerçant une profession difficile dans les milieux artistiques, la pauvre enfant se défendait comme elle pouvait. Forcée d'avoir un certain standing, elle avait des charges énormes. C'est encore Wagner qui avait trouvé la solution. En échange de quelques documents provenant des archives de la Défense, il se faisait fort de procurer à son ami des rentrées clandestines qui lui permettraient d'aider financièrement sa protégée.

Il y avait maintenant un peu moins de deux ans que la combine fonctionnait. Wagner affirmait que ce petit trafic n'avait aucune importance réelle et que personne ne s'en aviserait jamais.

Néanmoins... Sait-on jamais ce qui peut se passer dans une administration ?

Mergin avait peur.

Au fond, tout au fond de sa conscience, il devait bien reconnaître qu'il vivait dans une sorte de peur latente depuis qu'il avait photographié pour la première fois des documents et qu'il avait remis les clichés à Wagner. C'était peut-être absurde, mais c'était comme ça. On ne se refait pas. Pour commettre de tels actes, il faut de l'envergure. Or Mergin n'avait pas d'envergure. Modeste fonctionnaire, il était tout juste capable de *rêver* l'aventure, pas de la vivre. Wagner et Nicole, c'était l'aventure avec un grand A. L'amour et la trahison.

Rivé à sa fenêtre, Mergin songea qu'il ferait mieux d'aller se coucher. Epier ce bonhomme qui allait et venait sur le trottoir d'en face n'arrangerait rien. Mais comment s'endormir en sachant que ce type était là ?

A cet instant précis, une idée surgit dans le cerveau enfiévré de Mergin, une idée surprenante, une idée qui ne lui était jamais venue : *à qui Wagner vendait-il les photos ?*

Il n'en avait pas l'usage lui-même puisqu'il gagnait sa vie en vendant du vin d'Alsace. Du reste, il n'en faisait aucun mystère : les photos étaient destinées à un agent de l'Est. Wagner avait laissé entendre, très confidentiellement, que ses opinions politiques se situaient à gauche. Il détestait les capitalistes auxquels il reprochait leur voracité féroce et leur manque total de générosité humaine. Cela dit, *il n'avait jamais fait la moindre allusion précise à cet acheteur,* ni révélé tous les dessous de ses relations avec ce communiste qui payait les films.

Or, c'était là qu'il fallait se couvrir. Car c'était peut-être de là que venait l'alerte.

Absorbé par ses réflexions qui venaient de prendre un tour nouveau, Mergin réalisa subitement que le costaud en polo gris avait disparu. En collant sa joue contre la vitre, il aperçut en effet l'inconnu qui s'éloignait d'un pas résolu vers la bouche du métro Crimée. Il patienta encore pendant une bonne dizaine de minutes. Puis, fébrile, persuadé que la voie était libre, il décida de se rendre séance tenante chez Wagner pour lui parler de cet agent de l'Est. *Il fallait absolument prévoir une parade de ce côté-là.*

***

A leur descente du taxi qui les avait amenés à l'avenue Bugeaud, Nicole et Coplan se dirigèrent vers la luxueuse entrée du building où la jeune femme habitait.

Ils prirent l'ascenseur et Nicole introduisit Francis dans l'appartement situé à droite, au deuxième étage. Comme on pouvait s'y attendre, c'était un logement confortable. Rien à voir avec celui d'une économiquement faible. Cependant, la disposition des pièces, les plafonds bas, l'usure de la moquette et la banalité de la décoration donnaient à l'ensemble un aspect un peu étriqué qui étonna le visiteur. Cachant sa déception, Coplan murmura au contraire :

— C'est joli chez vous.

— Oh, c'est pratique, sans plus ! Si j'en avais

les moyens, j'arrangerais tout cela beaucoup mieux. Il faudrait changer l'ameublement, refaire les peintures, renouveler la moquette. Asseyez-vous. Qu'est-ce que je vous offre ? J'ai du scotch, du gin, du bourbon.

— Un petit scotch à l'eau plate.

Ils se trouvaient dans un salon rectangulaire aux murs d'un blanc sale, aux fauteuils fatigués.

Il demanda :

— Vous avez combien de mètres carrés ici ?

— Environ 150, je crois. Si le cœur vous en dit, vous pouvez visiter. Faisons le tour du propriétaire...

Elle guida Coplan d'une pièce à l'autre et, mine de rien, Francis nota un détail qui confirma l'impression qu'il avait eue d'emblée : il y avait du louche dans cette histoire. Comme par hasard, la chambre à coucher avait un mur mitoyen avec l'autre appartement du même étage, celui du nommé Wagner.

Ils revinrent dans la cuisine, où Nicole prit un carafon de verre qu'elle remplit au robinet.

Coplan, qui l'observait d'un œil pensif, émit :

— Le loyer ne doit pas être donné, dans un immeuble comme celui-ci.

— Pour ça, non ! fit-elle. Mais je ne suis qu'en sous-location et mon propriétaire est compréhensif.

— Cela existe, un propriétaire compréhensif ?

— La preuve, puisque je suis ici.

— Je suis content de vous l'entendre dire, encore que je ne sache pas très bien ce que peut signifier l'expression « *propriétaire compréhensif...* »

— Quand je suis vraiment trop serrée, il m'achète une toile.

Elle regarda Coplan.

— Qu'est-ce que vous vous imaginiez ?

— Rien.

— Manquerait plus que ça ! Venez, occupons-nous de nos affaires.

Ils retournèrent au salon. Elle servit le scotch de Coplan, se versa un verre d'eau minérale.

— Je vais vous montrer le Buffet dont je vous ai parlé. Installez-vous sur le divan.

Il obéit. Elle alla chercher dans une des pièces voisines qu'elle avait aménagée en bureau une grande boîte en carton, vint prendre place sur le divan, ouvrit la boîte, farfouilla parmi les reproductions photographiques.

— Si cela peut vous intéresser un jour, prononça-t-elle, je peux également vous procurer une superbe toile de Vlaminck, et à un prix très raisonnable. Regardez, un paysage de Normandie... Ce ciel d'orage est formidable, non ?

— Une belle peinture, reconnut-il.

— Dans dix ans, ce tableau vaudra peut-être cinq fois le prix qu'on en demande aujourd'hui.

— Vous savez, je ne suis pas un spéculateur. Je serais heureux d'avoir un Buffet parce que j'aime ce peintre, mais je ne suis pas un capitaliste qui cherche à placer son argent pour le faire fructifier.

— Ah, voici le Buffet.

Elle passa à Coplan la reproduction en question. La toile représentait une rue de Paris, avec un quai de la Seine à droite, des maisons tristes au fond. Ce paysage linéaire, que nulle présence humaine ne réchauffait, dégageait une mélancolie poignante.

Comme Coplan ne desserrait pas les dents, elle s'enquit :

— Vous ne l'aimez pas ?

— Hmmm...

— Vous n'avez pas l'air très emballé.

— Mais si. Je cherche à comprendre.

— Comprendre quoi ?

— Le mystère qui se dégage de ce tableau. Finalement, il n'y a presque rien : quelques traits noirs, pas de couleur, et cependant c'est bouleversant. Ce n'est pas un artiste peintre qui peut faire des choses pareilles ; il faut être un magicien.

Nicole glissa un regard en biais vers Francis. Elle paraissait un peu ébranlée.

— Je devrais noter ce que vous venez de dire, ça peut me servir. C'est tellement juste, et en si peu de mots. Pour un ingénieur qui ne connaît rien en peinture, vous ne manquez pas de sensibilité artistique.

— Merci du compliment, fit-il en souriant. Venant de vous, c'est flatteur.

— L'affaire vous intéresse ?

— Sans aucun doute.

— Bon, voyons le côté pratique alors. Comme je vous l'ai dit, le propriétaire actuel du tableau est prêt à le céder pour 30 mille nouveaux francs. Mais il y a les frais en plus.

— Et votre commission.

— Elle est à la charge du vendeur. Par contre, si vous désirez faire expertiser l'œuvre, les frais d'expertise sont à votre charge.

— Naturellement.

— D'accord sur ces bases-là ?

— Oui. Je devrai faire une sérieuse ponction sur mon compte en banque, mais c'est une folie qui en vaut la peine, vous êtes de mon avis ?

— Vous faites une excellente affaire, croyez-moi. Dans quelques années, vous m'en direz des nouvelles. Vous me remercierez, retenez ce que je vous dis.

— Dans quelques années, vous aurez oublié le bonhomme qui vous a acheté un Bernard Buffet, murmura-t-il en lui restituant la photo du tableau. Un client de passage ne laisse jamais un souvenir impérissable. Je sais de quoi je parle, je suis moi-même représentant. Nous ne faisons pas le même article mais les réflexes sont les mêmes.

— Détrompez-vous, j'ai une mémoire d'éléphant. Je n'oublie jamais un client, même s'il n'a traité qu'une seule affaire avec moi. En outre, j'ai mon fichier.

Il prit son verre de scotch, l'éleva à la hauteur de ses yeux :

— A la réussite de notre marché, dit-il.

— O.K.

Elle ne fit même pas le geste de prendre son verre d'eau minérale pour trinquer. Elle reprit :

— Où et quand puis-je vous téléphoner pour prendre les dispositions au sujet de l'expertise ?

— Donnez-moi plutôt votre numéro et dites-moi à quel moment je puis vous appeler. Je ne suis pour ainsi dire jamais chez moi et vous risquez de perdre pas mal de temps pour m'atteindre.

— Appelez-moi soit à dix heures du matin soit à dix heures du soir, après-demain. Je saurai quoi.

Je vais vous donner ma carte, donnez-moi la vôtre.

Par chance, Francis avait encore quelques cartes de visite avec son adresse — occasionnelle et fictive — de la rue Raynouard, à Paris. Ils échangèrent les bristols.

Ensuite, ayant vidé son verre, Francis se leva.

— Il me reste à vous remercier pour le scotch et pour la soirée. Cela m'a fait grand plaisir, sincèrement.

— Etes-vous si pressé de partir ? On vous attend peut-être ?

— Euh... non. Mais je ne voudrais pas abuser.

— Nous pouvons bavarder un moment, non ?

Francis enregistra dans le ton de la voix et dans le regard de la jeune femme un imperceptible changement. Comme si la gangue de glace qui l'enveloppait commençait à fondre.

Elle insista.

— Vous m'avez offert à dîner, vous allez peut-être m'acheter une toile, je serais mal venue de vous mettre à la porte aussi sec.

Elle eut un petit rire bizarre, ajouta :

— Je suis plutôt réservée avec les hommes de votre espèce, mais le savoir-vivre n'est pas fait pour les chiens, que je sache ! Rasseyez-vous. Nous avons à peine fait connaissance.

Elle voulut lui servir un nouveau verre de scotch, mais il l'arrêta.

— Merci, je préfère m'en aller, sans façon.

— Vraiment ?

Elle n'en croyait pas ses oreilles. Ce devait être la première fois qu'une telle chose lui arrivait : un type qui refusait de rester seul avec elle dans l'intimité de son appartement.

Il prononça avec un sourire vaguement paternel :

— Je n'oublie pas la promesse que je vous ai faite.

— Justement.

— Mais je ne suis pas absolument sûr de moi et je m'en voudrais de jouer avec le feu. Vous m'avez affirmé que j'étais un don Juan. C'est faux, naturellement. Mais il ne faut pas tenter le diable.

— J'ai peut-être changé d'avis, dit-elle.

— C'est le droit des jolies femmes. Mais, moi, je n'ai pas changé de promesse, hélas.

— Restez encore un moment. Le temps de boire un dernier verre.

Elle paraissait vaguement décontenancée. Il posa sur elle un regard soupçonneux et articula :

— Je vous vois venir. Vous tenez absolument à me prendre en flagrant délit de déloyauté vis-à-vis de vous et vis-à-vis de moi-même, n'est-ce pas ? Mais je ne tomberai pas dans ce piège, chère petite Nicole. Je tiens trop à votre estime. Je veux mériter le droit de vous revoir et de vous revoir la tête haute.

Il se dirigea vers la sortie. Prise de court, elle n'osa pas le retenir et elle l'accompagna vers la porte palière, se bornant à murmurer :

— J'attends votre coup de fil après-demain alors ?

— Comptez-y. Bonne nuit, chère amie.

— Bonne nuit.

Elle ouvrit la porte, eut un petit sursaut de

stupeur. Un homme se tenait là, sur le palier, un homme que Francis reconnut immédiatement.

Nicole s'exclama :

— Vous, Christian ? Mais qu'est-ce que vous faites là ?

— Euh... J'aurais voulu parler à Jean-Paul mais il n'est pas encore rentré. Vous... vous êtes revenue ?

— Je suppose que ça se voit ? persifla-t-elle, glaciale.

S'adressant à Coplan :

— Eh bien, à plus tard, cher ami.

Christian Mergin examinait Coplan d'un œil un peu égaré. Nicole maugréa en direction de Mergin :

— Entrez, puisque vous êtes là.

Coplan se dirigea vers l'ascenseur, la porte de l'appartement se referma.

CHAPITRE IV

Nicole, visiblement contrariée, apostropha Christian Mergin sur un ton qui manquait plutôt d'aménité :

— Alors, qu'est-ce qui vous arrive ?

— Je suis terriblement inquiet. Cet après-midi, j'ai été suivi dans la rue par un inconnu et cet individu a surveillé mon domicile, ce soir, pendant des heures.

— Je sais. Jean-Paul m'en a touché un mot quand il est revenu de chez vous. Mais il n'y a pas de raison de se faire du mauvais sang, que diable ! Vous travaillez à la Défense Nationale, donc vous êtes sous le contrôle de la D.S.T. De temps en temps, la D.S.T. vous fait surveiller par un de ses inspecteurs, tout cela est parfaitement normal.

— Euh... oui, c'est ce que Jean-Paul m'a expliqué.

— Et il vous a conseillé de vous tenir tranquille jusqu'à nouvel ordre, nous sommes bien d'accord ? Alors, que signifie cette visite à une heure pareille ?

— J'aurais voulu questionner Jean-Paul au sujet de cet agent de l'Est qui lui achète les films.

Je voudrais être sûr que le danger ne vient pas de ce côté-là. Comment s'appelle-t-il, cet agent communiste ?

— Je n'en sais rien, mais je constate que vous avez de drôles d'idées.

— Mais enfin, Nicole, vous ne lisez pas les journaux ? Regardez ce qui se passe en Allemagne ! La défection d'un agent à la solde de Moscou a démasqué des tas de gens qui faisaient ce que je fais. Il faut absolument que j'en parle à Jean-Paul.

— Ne vous tracassez pas, il va arriver d'un instant à l'autre.

— Il y a peut-être des dispositions à prendre, je ne sais pas, moi ! Si les soupçons du contre-espionnage pèsent sur moi, comment puis-je me défendre ?

— Maîtrisez vos nerfs. Vous êtes vert de peur, mon pauvre Christian. Vous n'êtes pas encore en prison, n'ayez crainte !

— C'est aussi pour vous que je suis angoissé, Nicole. Si la police m'arrête, vous serez impliquée dans l'affaire et Jean-Paul aussi.

— Ah ? Et pourquoi ça ? Je ne suis pour rien dans vos relations avec Jean-Paul, que je sache ? Et je pense que personne n'est au courant de ce qu'il y a entre nous. Du moins, j'espère que vous n'avez parlé de moi à personne ?

— Non, naturellement. Mais la police va peut-être m'interroger.

— Et alors ? Vous n'allez pas trahir vos amis, je suppose ?

Mergin ne répondit pas. Baissant la tête, il resta un moment silencieux, se mordillant nerveusement la lèvre inférieure.

Il murmura soudain, sans relever le front :

— Qui est-ce, l'homme qui était avec vous ?

— Un client. Il m'achète une toile.

— C'est pour lui que vous êtes rentrée de voyage plus tôt que prévu ?

— Bien sûr. Les affaires sont les affaires, mon petit Christian. Ma situation n'étant pas tellement brillante, j'ai estimé que ça valait la peine d'écourter mes vacances.

— Comment l'avez-vous connu ?

— Je l'ai rencontré dans une galerie de peinture, avenue Matignon.

— C'est un bel homme.

— Seriez-vous jaloux ? fit-elle, à la fois hautaine et incrédule.

Mergin n'eut pas le temps de répondre. Surgissant tel un fantôme, Jean-Paul Wagner apparut brusquement à l'entrée du salon. Il arborait son air méchant habituel, les lèvres pincées, l'œil rébarbatif.

— J'ai entendu ce que vous avez dit à Nicole, maugréa-t-il en regardant Mergin. C'est bien gentil de vous faire de la bile pour nous, mais s'il devait nous arriver un pépin, ce serait à cause de vous. Est-ce que vous vous rendez compte que le seul danger qui nous menace, *c'est vous ?*

— Mais... mais... Je...

Le pauvre type bafouillait de confusion. Wagner reprit sur le même ton coupant :

— Vous êtes en train de perdre votre sang-froid, c'est évident. Et tout ça pour un flic qui vous colle aux fesses ! Vous ne pouvez donc pas comprendre que ce mec fait son boulot, qu'il est payé pour, qu'il s'en fiche et que dans deux ou trois jours il ira s'occuper d'un de vos collègues du ministère. Je vous l'ai pourtant dit tout à l'heure, non ? La seule attitude valable, c'est de se tenir tranquille. Mais non, vous vous affolez, vous arrivez ici en pleine nuit... On n'est pas con à ce point-là, mon petit vieux !

— J'ai comme un pressentiment, marmonna Mergin, l'oreille basse. Vous n'avez pas vu ce qui se passe en Allemagne ? Un agent de l'Est a retourné sa veste et il a fait des révélations terribles.

Wagner le prit de haut.

— Vous n'allez pas me donner des leçons, non ? Les gars de la D.S.T. ne sont pas des génies. Je connais leurs méthodes. S'ils vous soupçonnaient de quoi que ce soit, vous seriez déjà entre leurs pattes à l'heure qu'il est. Ces gens-là ne s'embarrassent pas de subtilités. Ce sont des fonceurs.

— A qui vendez-vous les films que je vous remets ?

— Ne vous cassez pas la tête à ce sujet-là. C'est un type qui connaît la musique. J'en réponds. D'ailleurs, ce n'est pas votre affaire.

— Si vous êtes sûr de la loyauté de cet homme, je ne demande qu'à vous faire confiance. Ne soyez pas fâché après moi, Jean-Paul, j'ai fait pour bien faire.

Wagner s'approcha de Mergin, posa sa main sur l'épaule de l'employé de la Défense.

— Rentrez chez vous et dormez sur vos deux oreilles. Si vous ne perdez pas les pédales, tout se passera très bien, je vous le garantis. Attendez que je vous fasse signe. Je vous mettrai un mot au courrier, selon nos conventions.

— J'avais besoin d'être rassuré, soupira Mergin.

— J'espère que vous l'êtes ? fit Wagner.

— Oui. Je vous remercie. J'étais hanté par cet individu qui faisait les cent pas devant mon domicile après m'avoir pris en filature. Pour finir, j'avais ressenti un affreux pressentiment, comme je viens de vous le dire.

— Laissez ça aux bonnes femmes, mon vieux, grinça Wagner. Allez, rentrez chez vous en paix. Et si ce flic continue à vous surveiller pendant quelques jours, ayez l'air naturel, décontracté, sans inquiétude. Il cessera son manège, il écrira son rapport et l'affaire sera classée.

Mergin tourna ses yeux vers Nicole.

— Quand puis-je venir vous voir ?

Elle répondit avec détachement :

— Dès que l'orage se sera éloigné, mon petit Christian. Attendez que Jean-Paul vous donne le feu vert.

Mergin s'en alla, plutôt déprimé.

Restés seuls dans l'appartement, Wagner et Nicole se regardèrent. Wagner articula, sarcastique :

— J'ai l'impression que tu as fait un sacré bide ce soir, non ?

— Ouais, c'est indiscutable, admit-elle avec un sourire à la fois désinvolte et corrosif. Ce mec m'a eue, pas de doute. Il m'a prise à mon propre jeu. Mais je n'avais pas le choix. Ou bien je tenais le coup, ou bien je passais pour une pute.

— Tu ne crois pas qu'il se foutait de toi ?

Elle arqua les sourcils.

— Non, pourquoi ? Je ne vois pas ce que tu veux dire.

— Je vous ai bien observés pendant que vous bavardiez. Surtout lui. Son air sérieux m'a donné la sensation qu'il s'amusait intérieurement.

— Explique-toi.

— Je suis presque sûr qu'il sentait que tu avais envie d'être baisée, mais ça lui plaisait de te tenir la dragée haute.

Elle ne pigeait pas.

— Tu veux dire qu'il n'avait pas envie de moi ?

— Mais non, je ne dis pas ça. Je crois que ça le faisait marrer de te faire languir.

Elle haussa les épaules d'un air dédaigneux.

— Mon pauvre Jip, tu as trop d'imagination. Quand je me suis amenée au Ritz, il m'a avoué qu'il était surpris ; il pensait que j'allais lui poser un lapin. Je lui ai dit que ce n'était pas mon genre, ni le sien. Et je l'ai traité de cavaleur.

— *C'est un cavaleur*, appuya Wagner.

— Eh bien, j'ai vu que ça le faisait tiquer. Et il a voulu me prouver que je m'étais trompée à son sujet. Tu sais, des hommes qui ont le sens de leur dignité, ça existe.

— Tu ne t'attendais quand même pas à un refus, rétorqua Wagner, perfide. Ne me dis pas le contraire, je l'ai vu à ta tête.

— Je le reconnais. J'étais persuadée qu'il allait sauter sur l'occasion.

Wagner eut un petit rire aigre.

— Il a fait semblant de ne pas voir que tu lui tendais la perche.

— T'inquiète pas. Ce n'est que partie remise.

Je te promets qu'avant la fin de la semaine, je me le taperai. Tu pourras te rincer l'œil. Et prendre des photos par la même occasion. Je lui ferai le grand jeu.

— Tu en meurs d'envie, hein ?

— Oui. Pour ne rien te cacher, ce type m'a mise dans tous mes états. J'espère que tu vas me calmer ?

— Ne compte pas sur moi, renvoya-t-il, sec.

— Sans blague ? Tu ne veux pas faire l'amour ?

— Non. Je ne suis pas en forme. L'attitude de ce type m'a frustré.

Elle regarda son ami en silence, les sourcils légèrement froncés. Puis, à mi-voix :

— Tu parles sérieusement, Jip ?

— Ben, oui, pourquoi ?

— Tu ne trouves pas que ça devient grave, ton cas ? Tu ne peux vraiment plus me sauter si tu n'as pas eu le spectacle d'un autre mec en train de me baiser ?

— A chacun ses phantasmes, non ?

— Dans ce cas, pourquoi n'as-tu pas retenu Mergin ?

— Ce petit con m'écœure. J'attendrai l'autre. A propos, comment s'appelle-t-il ?

— Tiens, voilà sa carte...

Wagner prit le bristol, lut à haute voix :

— Francis Coplan. Ingénieur. Attaché à la direction des services étrangers de la Société Cophysic. Rue Raynouard 172 bis Paris 16ᵉ... C'est quoi, cette société ?

— Des instruments de mesure pour l'industrie atomique et l'industrie pétrolière. Mais ne t'emballe pas, il m'a dit qu'il était en voyage à l'étranger onze mois sur douze.

— C'est quand même intéressant, murmura Wagner.

— A quel point de vue? Michel ne s'occupe que de l'Europe.

— D'accord, mais un tuyau valable n'est jamais à négliger, même si ça concerne un pays situé hors de l'Europe. J'en parlerai à Michel. De nos jours, ma vieille, un renseignement de haut niveau est toujours monnayable. Surtout dans le secteur de l'atome et du pétrole.

— En attendant, j'espère bien lui caser le Buffet. Ma prime me viendra bien à point.

— Attention, fit Wagner, il y a les impôts.

— Il acceptera peut-être de traiter au noir?

— M'étonnerait. A mon avis, ce mec-là exigera une cession en règle. De plus, il y aura expertise.

— Je peux lui suggérer de payer la moitié au noir.

— Non, laisse-le venir. Mais tu verras que j'ai raison. Il veut posséder légalement ce tableau de son cher Bernard Buffet. D'ailleurs, ce n'est pas plus mal. Tu dois de toute façon déclarer quelque chose au fisc, non? On n'est pas domiciliée avenue Bugeaud quand on est sans ressources.

— Comme tu voudras.

Il y eut un silence. Wagner se versa un verre de whisky, se laissa tomber dans un des fauteuils avachis. Pendant plusieurs minutes, il contempla d'un œil absent la couleur ambrée de l'alcool qui chatoyait dans le verre qu'il tenait dans sa main droite.

Nicole prit place sur le divan et demanda :

— A quoi penses-tu ?

— A rien.

— Mais encore ?

— A rien, répéta-t-il, hargneux.

— Ne fais pas le con, Jip. Je sais à quoi tu penses. Tu ne le sais peut-être pas toi-même, mais moi je le sais. Je te connais comme si je t'avais fait. Tu penses à Mergin.

Il darda sur elle un regard acéré, presque venimeux. Ils avaient passé leur enfance ensemble à Strasbourg où ils habitaient des maisons voisines. Et Nicole, toute gamine encore, avait toujours eu ce don de lire en lui comme dans un livre ouvert. Elle l'appelait Jip, diminutif des initiales de Jean-Paul. Et il l'appelait Nic. Il ne l'avait pas épousée parce qu'il était adversaire juré du mariage, mais ils avaient découvert l'amour dans les bras l'un de l'autre. Très vite, du reste, Nicole avait deviné les étranges anomalies de la sexualité de ce garçon qui était, pathologiquement et psychiquement, un voyeur-né. Ce n'était sans doute pas par hasard qu'il avait été attiré par les mystères de l'espionnage.

Il maugréa finalement sur un ton belliqueux :

— Eh bien, oui, je pense à Mergin. Ce crétin qui fait dans sa culotte pour deux fois rien, ça me tracasse.

— Mets-toi à sa place. Sentir la présence d'un flic en train de rôder autour de soi, c'est pas la joie, non ? Et tu sais, quand il répète qu'il a un pressentiment, faut pas rigoler. Ce genre de connard a souvent des antennes. Quand il a croisé Coplan sur le palier, il a tout de suite deviné que ce type avait envie de moi et que je ne demandais que ça. Mergin n'a pas inventé la poudre, d'accord, mais il n'est pas complètement débile. Après tout, il est peut-être soupçonné par la police. Et pourquoi pas nous ?

— Va te faire foutre ! riposta Wagner, vulgaire. Tu ne vas pas me flanquer la frousse, non ?

Il avala une goulée de whisky, passa le bout de sa langue sur ses lèvres minces.

— Pour l'amour du ciel, Nic, ne me dis pas que cette histoire de flic te trotte dans la tête.

— Si, admit-elle froidement. Il n'y a pas de fumée sans feu. Et Mergin n'a peut-être pas tort de faire le rapprochement avec cette affaire d'espionnage qui vient d'éclater en Allemagne. Michel n'est pas seul. Et il n'est pas infaillible.

— Où veux-tu en venir ?

— Si j'étais toi, je ferais un saut à Strasbourg dès demain matin. Tu as un avion à 8 h 45. Tu peux être rentré à 11 heures du soir.

— Et qu'est-ce que je dirai à Michel ?

— Que Mergin est sous surveillance depuis ce matin. Cette information rendra peut-être service à Michel lui-même. Et nous, ça nous rassurerait malgré tout.

— Car tu as besoin d'être rassurée, toi aussi ? grommela-t-il, insidieux.

— Oui, *et toi aussi*, fit-elle, cassante.

— Moi ? Tu charries, non ?

— Je sens que tu as peur, décréta-t-elle avec conviction. Tu émets des ondes qui ne me trompent pas. Et j'irai même jusqu'à te prédire une drôle de nuit blanche.

— Tu racontes n'importe quoi, ma pauvre Nic, prononça-t-il avec une pointe de forfanterie teintée de mépris. Je ne sais même pas ce que c'est que la peur !

Il vida son verre, se leva.

— Nous en reparlerons demain, marmonna-t-il. Bonne nuit.

Une heure plus tard, alors que Nicole venait de se coucher, Wagner — utilisant le passage secret qui reliait son appartement à celui de son amie — s'amenait dans la chambre à coucher de la jeune femme.

— Pousse-toi, Nic... Je n'arrive pas à fermer l'œil.

— Je t'attendais.

Il se glissa dans le lit. Elle lui chuchota à l'oreille :

— Laisse-toi faire. La meilleure pilule pour bien dormir, c'est de tirer un coup.

Elle lui retira son pyjama, gratifia son corps mince de quelques caresses, le surplomba pour promener ses lèvres gourmandes sur sa poitrine étroite, sur les pointes de ses seins, sur son ventre plat, descendit ainsi vers le buisson où elle savait comment s'y prendre pour allumer le désir viril de ce petit garçon compliqué qui devenait un amant merveilleux *quand elle le voulait...*

CHAPITRE V

Le lendemain matin, un peu avant dix heures, quand Coplan pénétra dans le bureau du commissaire Tourain, celui-ci affichait un petit air goguenard qui surprit Francis.

Le policier lança :

— Vous tombez bien ! On vient de m'envoyer un avis de Roissy. Le nommé Wagner s'est envolé à 8 h 45 pour Strasbourg. J'ai prévenu nos gens de là-bas et ils m'ont promis de faire le nécessaire.

Tourain, allumant une de ses éternelles cigarettes papier-maïs, grommela en tordant la bouche :

— Alors, la séduisante Nicole Bonnel, vous l'avez vue hier soir ?

— Oui, elle a été fidèle au rendez-vous.

— Et elle a passé à la casserole, évidemment ?

— Pas du tout.

— Mon œil.

— Mais, dites donc, monsieur le commissaire, vous me prenez pour un satyre ou quoi ? Je suis parfaitement capable de passer une soirée avec une jeune femme sans la sauter.

Tourain eut une expression angoissée.

— Vous n'étiez pas en forme ? Vous n'êtes pas malade, j'espère ?

— Bon, cessez de vous foutre de moi. La belle Nicole et moi, nous avons parlé affaires, figurez-vous. Je vais lui acheter une toile, une peinture de Bernard Buffet.

— Vous ne parlez pas sérieusement ?

— Mais si. Vous connaissez le proverbe : on n'attrape pas les mouches avec du vinaigre. Comme je tiens beaucoup à gagner la confiance de cette jeune personne, je suis bien obligé de jouer dans ses cartes. Puisqu'elle vend des tableaux, je suis acheteur.

— J'ai beau vous connaître, vous parvenez toujours à m'épater. On peut dire que le S.D.E.C. ne recule devant aucun sacrifice pour accomplir sa mission !

— Oh, oh, oh, doucement, commissaire, fit Coplan. C'est sur ma cassette personnelle que je vais m'offrir une œuvre d'art. Si j'avais le culot de porter trois briques sur ma note de frais pour acquérir un Bernard Buffet, dans le cadre de mes activités de service, le Vieux tomberait raide mort. Je ne suis pas cruel à ce point-là !

— C'est un canular alors ?

— Pas du tout. Il se trouve que j'ai toujours eu envie de posséder une œuvre de ce peintre et que l'occasion est belle. En outre, ça me permet de garder le contact avec Nicole. Je dois lui téléphoner demain pour l'expertise du tablcau. Mais il y a mieux. Au moment où je sortais de l'appartement de Nicole, savez-vous qui a fait son apparition ? Je vous le donne en mille : Christian Mergin en personne !

— Bravo. Vous aviez donc vu juste, une fois de plus.

— J'en étais presque sûr.

— En somme, la boucle est bouclée. Votre charmante Nicole est dans le coup.

— Jusqu'aux oreilles. Et j'ai un petit service à vous demander. Pourriez-vous envoyer un de vos inspecteurs à la mairie du 16e arrondissement pour avoir le nom du propriétaire de l'appartement de Nicole. Et aussi le nom du propriétaire de l'appartement de Wagner par la même occasion.

— Eh bien... il me semble que cette démarche a déjà été faite et que j'ai ces renseignements dans mon dossier. Vous permettez ?

Le policier alla chercher une chemise dans un des classeurs métalliques qui meublaient son bureau. Après avoir remué pas mal de papiers, il s'exclama :

— Eurêka !... Jean-Paul Wagner a acheté en même temps les deux appartements du deuxième étage. Et il n'y a pas eu de cession depuis.

Coplan se mit à rigoler.

— Je me marre parce que Nicole m'a dit que son propriétaire était compréhensif à son égard. On ne peut pas mieux dire.

— Car vous êtes persuadé que ces deux-là couchent ensemble ?

— J'en mettrais ma main au feu. L'autre jour, quand je les ai vus qui sortaient de leur building, j'ai senti que leur connivence allait loin. Et j'ai la conviction que non seulement leurs appartements communiquent, mais qu'il y a un système de micros et, qui sait, de caméras peut-être bien...

— On peut vérifier.

Coplan regarda le policier.

— Oui, c'est une idée, ma foi. Si Wagner est à Strasbourg, je peux m'arranger pour inciter Nicole à quitter son appartement. Pendant ce temps-là, vos plombiers pourraient aller jeter un coup d'œil.

— Mes *techniciens* sont à votre disposition.

— O.K. Je vais goupiller cette histoire. Naturellement, vous attendez mon feu vert. Mais, pour en revenir à Mergin, je voudrais vous faire une proposition. Mon objectif, vous le savez, c'est de semer la panique dans le réseau de Wagner. Est-ce que vous ne croyez pas que ce serait le moment d'asticoter Mergin ?

— Qu'est-ce que vous entendez par là ?

— Je vais vous exposer mon idée...

***

Ayant trouvé à se garer rue de Flandre, le commissaire Tourain se dirigea d'un pas tranquille vers le domicile de Christian Mergin. Grâce aux indications de son collaborateur (l'inspecteur Gozart), Tourain savait que l'employé du ministère de la Défense était à son domicile depuis une bonne heure. A 17 h 15, le commissaire poussa résolument le bouton de la sonnerie. La porte s'ouvrit quelques minutes plus tard et Mergin dévisagea le visiteur d'un air intrigué, visiblement mal à l'aise.

— Monsieur Mergin ? s'enquit le policier.

— Oui.

— Monsieur *Christian* Mergin ? insista Tourain.

— Oui, c'est moi. De quoi s'agit-il ?

— Commissaire Tourain, de la D.S.T. Pouvez-vous me recevoir un instant ?

— Euh... oui... Entrez, je vous en prie.

Mergin avait pâli et il déglutissait avec difficulté. Tourain, massif et imposant, promena un regard machinal autour de la pièce où Mergin venait de l'introduire.

— Je suis venu vous voir dans le cadre d'une enquête que nous menons en ce moment au sujet d'une jeune personne à laquelle nous nous intéressons. Connaissez-vous cette jeune femme ?

Il exhiba une photo en noir et blanc, du format d'une carte-postale, sur laquelle on voyait Nicole Bonnel sortant de l'immeuble de l'avenue Bugeaud où elle habitait.

Mergin devint encore plus pâle, à tel point que Tourain se demanda si le pauvre type n'allait pas tomber dans les pommes.

— Euh... non, je... je ne vois pas, parvint-il à bégayer d'une voix à peine distincte.

— Vous ne l'avez jamais rencontrée ?

— Je ne... je ne crois pas.

Tourain, qui fixait d'un œil granitique son interlocuteur, ne faisait rien pour calmer le désarroi de celui-ci.

Il y eut un silence qui parut peser dix tonnes. Mergin, se rendant compte que son attitude le trahissait, articula :

— Vous savez, je ne vois pas beaucoup de monde. Je vis seul et je n'ai pas d'amis. Si cette personne est une de mes collègues, je l'ai peut-être croisée.

— Non, trancha Tourain, elle ne travaille pas à la Défense Nationale. D'après nos renseignements, elle gagne sa vie comme courtière en œuvres d'art.

— C'est... c'est possible.

— Oui, c'est possible, confirma le commissaire. Mais je profite de l'occasion pour vous mettre en garde. Vous êtes un ami du nommé Jean-Paul Wagner, n'est-ce pas ? Je me suis même laissé dire que vous êtes allé le voir à son domicile, hier soir. Est-ce exact ?

Le sang de Mergin ne fit qu'un tour. Il avait sans doute été pris en filature, une fois de plus. Nier serait une faute grave. Il répondit :

— Oui, Jean-Paul Wagner est un ami.

— Notre suspecte occupe l'appartement voisin de celui de Wagner. Ce n'est peut-être qu'une coïncidence, mais sait-on jamais ? De toute manière, et je sais que je me répète, je me permets de vous mettre en garde. Si vous êtes contacté par cette personne, elle s'appelle Nicole Bonnel, soit dit en passant, ne manquez pas de le signaler à l'officier de sécurité de votre service.

— Que reproche-t-on à cette jeune femme ?

— Nous avons de bonnes raisons de penser qu'elle ne s'occupe pas seulement de vendre des tableaux.

— Que voulez-vous dire ?

— Mon cher monsieur, les espions professionnels ont plus d'un tour dans leur sac, et je parle d'expérience... En votre qualité d'employé aux archives de la Défense Nationale, vous êtes une proie toute désignée pour les gens douteux qui sont à la recherche de renseignements.

— Euh... oui, bien sûr. Nous avons des consignes au bureau à ce sujet. Mais les documents classés ne passent presque jamais dans mes mains.

— Oh, ne sous-estimez pas le danger, cher monsieur ! De nos jours, même avec des documents périmés, les centrales de renseignement des pays étrangers obtiennent des résultats intéressants. Avec un bon ordinateur...

Mergin ne répondit pas. Il se sentait malade, et il était lui-même étonné d'être encore capable de soutenir cette conversation, d'arriver à formuler tant bien que mal des réponses à ce policier.

Tourain sortit sa carte de visite.

— Tenez, dit-il, si vous avez besoin de moi, appelez-moi à ce numéro. Il y a toujours quelqu'un au bout du fil, de jour comme de nuit. Et ouvrez l'œil, c'est un conseil.

Il se prépara à partir. Mais, se ravisant, il ajouta de son ton le plus rogue :

— A l'occasion, prévenez votre ami Wagner. Sa jeune voisine est peut-être une dangereuse sirène...

Il se dirigea vers la porte, l'ouvrit.

— Excusez-moi de vous avoir dérangé.

Mergin balbutia :

— Ce n'est rien...

***

Pendant que Tourain parlait avec Christian Mergin, Coplan prenait un verre avec Nicole dans un café des Champs-Elysées. Francis avait téléphoné à la jeune femme pour lui demander une entrevue urgente, et elle avait accepté.

— Je suis désolé, dit Coplan. Figurez-vous que je dois m'en aller ce soir pour un bref séjour à Francfort. Ce ne sera pas bien long, je pense, mais je ne peux pas me dérober. Mon directeur est plutôt à cheval sur les ordres.

— Merci de me prévenir, dit Nicole. Je vais me débrouiller pour demander à l'expert de remettre l'opération à plus tard. Vous ne pouvez pas me donner une date, je suppose ?

— Hélas, non. Mais je vous ferai signe dès mon retour.

De toute évidence, ce départ imprévu de Coplan la contrariait. Il s'en rendit compte et murmura :

— Je vous avais prévenue, n'est-ce pas ? Je suis un pigeon-voyageur, je n'y peux rien.

Elle tiqua.

— Un pigeon-voyageur ? fit-elle. Curieuse expression.

Il se mit à rire.

— Oui, reconnut-il, le mot est mal choisi en l'occurrence.

Elle le scruta, s'informa d'une voix suspicieuse :

— J'espère que vous n'avez pas employé cette expression à dessein ?

— Qu'est-ce que vous allez chercher là ? Je vais vous faire un aveu, chère amie : je suis persuadé que je vais faire une excellente affaire en achetant ce tableau. J'ai demandé l'avis de quelques-uns de mes amis qui s'y connaissent en peinture. Leur opinion est unanime : dans quelques années, la toile vaudra deux ou trois fois le prix que je vais la payer. Ce qui confirme ce que vous m'avez dit vous-même.

— C'est évident. D'ailleurs, si je roulais mes clients, je serais coulée depuis belle lurette.

Coplan posa sur la jeune femme un regard attendri.

— Je vous fais pleinement confiance, ma chère Nicole. Et je vais vous dire autre chose : quand je serai revenu de Francfort et quand je serai en possession de mon tableau, je vous ferai rencontrer quelques-uns de mes amis qui, je l'espère, vous permettront de réaliser d'autres affaires. Ce sont tous des ingénieurs, je vous le signale, mais certains d'entre eux sont des amateurs de peinture éclairés.

— C'est très chic de votre part.

— Pour l'amour de Dieu, ne me remerciez pas encore, je ne vous promets rien. Mais ce qui est sûr, c'est que je ferai le maximum. Naturellement, il y a un revers à la médaille.

— Ah ?

— Je ne suis peut-être pas tout à fait désintéressé.

— C'est-à-dire ?

— Je veux entrer dans vos bonnes grâces. Je ne suis pas un cavaleur, et je vous le prouverai, mais cela ne signifie pas que je sois insensible à votre beauté, à votre charme, loin de là. Je vais vous poser une question indiscrète, si vous le permettez.

— Allez-y.

— Nicole... est-ce qu'il y a un homme dans votre vie ?

— Actuellement, non, répondit-elle sans hésiter. J'avais un ami, je vous le dis franchement, mais je l'ai quitté depuis dix mois.

D'un geste impulsif, admirablement feint, Francis prit la main de la jeune femme et la pressa.

— Je crois que nous allons devenir de bons amis, non ?

Nicole hésita. Elle avait envie de Coplan à en avoir une boule dans la gorge, mais elle était contrainte de sauver les apparences et de défendre sa réputation. Elle articula finalement en regardant cette main d'homme, si forte, si virile, qui pressait la sienne :

— Cela dépendra de vous... Je vous connais à peine.

— Avez-vous au moins un peu de sympathie pour moi ?

— Jusqu'à nouvel ordre, vous êtes un client potentiel.

— Rien de plus ?

— Rien de plus.

— Vous ne voulez pas m'appeler Francis ?

— Je déteste le marivaudage, siffla-t-elle à mi-voix. Et je ne suis pas une femme qui se laisse conquérir en l'espace de vingt-quatre heures. Si vous ne l'avez pas encore compris, abandonnez vos illusions.

— Pardonnez-moi.

— Il n'y a rien à pardonner. Vous jouez votre rôle, et vous le jouez très bien.

Elle retira sa main, baissa la tête. Son joli visage arborait une expression fermée, empreinte de rancune et d'animosité.

— Vous êtes fâchée ?

— Quelle importance ?

— Déçue, sans doute ?

— Certainement.

— Pourquoi ?

— Je vends des tableaux, monsieur Coplan. Et je ne donne pas mes faveurs en prime à mes clients.

— O.K. Merci de votre franchise, acquiesça-t-il. Nous ne reviendrons plus là-dessus, je vous le promets. Je ne voulais pas vous blesser.

Elle le regarda droit dans les yeux. Et il sut qu'elle pensait exactement le contraire de ce qu'elle venait de dire quelques instants auparavant.

CHAPITRE VI

Rentrée chez elle, Nicole Bonnel se laissa choir dans un des fauteuils du salon et se mit à réfléchir. Elle se sentait déprimée, furieuse contre elle-même, empêtrée dans ses propres contradictions. Elle avait beau faire, elle était follement entichée de ce Coplan. De sa vie, elle n'avait aspiré à ce point-là d'être serrée dans les bras d'un homme. Alors, pourquoi jouait-elle ce jeu absurde ? Pourquoi se tenait-elle toujours sur la défensive avec lui ?

Au fond, pensa-t-elle, je réagis par orgueil. Depuis qu'elle était toute jeune encore, à peine adolescente, elle n'avait jamais éprouvé la sensation d'être dominée par quelqu'un d'autre. Avec ses parents, avec ses professeurs, avec ses copines ou ses copains, toujours, quand elle se trouvait en face d'un interlocuteur, elle avait ressenti comme une certitude intérieure que c'était *elle qui dominait l'autre.* Et c'était également le cas avec Jip. D'une façon ou d'une autre, *c'était elle la plus forte.* Même si les apparences laissaient croire qu'elle était en position d'infériorité, elle savait qu'elle surclassait l'autre.

Or, avec ce Coplan, ce n'était pas le cas. Il était gentil, conciliant, humble pour ainsi dire, plein de tact et de délicatesse, et il multipliait les attentions pour prouver sa parfaite courtoisie de gentleman, mais, en définitive c'était lui qui dominait la situation.

Pourquoi n'ai-je pas été plus sincère ? se reprocha-t-elle. Qu'est-ce que je gagne à crâner ?

J'ai envie d'être à cet homme, et je fais tout pour le décourager. Qu'est-ce qui m'arrive ?

Elle ne se comprenait plus. Au point qu'elle avait une envie idiote de pleurer. C'était un cavaleur, bien sûr, et elle n'en démordait pas. Son instinct ne pouvait pas la tromper. Mais qu'est-ce que ça changeait ?

Elle était toujours là, affalée dans son fauteuil, prostrée quasiment et incapable de se secouer pour réagir, quand le timbre de la sonnerie tinta. Elle émergea de sa passivité, se leva, alla ouvrir.

Christian Mergin. Blafard comme un spectre.

— Encore vous ? siffla-t-elle, à cran.

— Il faut que je vous parle, Nicole. C'est... c'est très grave.

— Eh bien, entrez.

Il pénétra dans l'appartement, suivit la jeune femme jusqu'au salon. Elle paraissait tellement de mauvais poil qu'il en était impressionné. Elle articula :

— Alors ? On ne vous a jamais tant vu que depuis qu'on vous a ordonné de vous tenir tranquille !

Il se laissa tomber sur le divan, prononça d'une voix angoissée :

— La police est venue chez moi. Un inspecteur

de la D.S.T. Il m'a questionné à votre sujet, Nicole. Et il m'a montré une photo de vous.

Sur le moment même, la jeune femme parut littéralement assommée.

— De moi ? glapit-elle en appuyant son index sur sa poitrine. Vous divaguez, non ?

— Non, je vous le jure. Ce policier m'a fait voir votre photo en me disant qu'il procédait à une enquête sur votre compte. J'ai dit que je ne vous connaissais pas, que je ne vous avais jamais vue, mais j'ai eu l'impression qu'il ne me croyait pas.

— Et alors ?

— Il m'a mise en garde contre vous. Il m'a signalé que vous étiez la voisine de mon ami Jean-Paul Wagner et que... et que je devrais l'informer si j'entrais en contact avec vous.

— Mais que me reprochait-il ?

— Il a parlé d'espionnage. Et, en partant, il m'a encore répété : la jolie voisine de votre ami Wagner est peut-être une dangereuse sirène...

Nicole, atterrée, passa sa main droite sur son front.

— C'est incroyable, fit-elle d'une voix à peine audible.

Elle dut s'asseoir.

Mergin la contemplait d'un air désespéré. Il marmonna :

— J'en suis malade. Jean-Paul n'est pas là ?

— Non, il est à Strasbourg mais il rentre ce soir.

— Qu'est-ce que vous allez faire ?

— Aucune idée... La vérité, c'est que je n'en reviens pas. Pourquoi ces flics mènent-ils une enquête sur moi ? C'est complètement dingue, cette histoire.

— Je ne sais pas où j'ai trouvé la force de dire que je ne vous connaissais pas.

— C'est bien gentil, mais qu'est-ce que ça change ?

— Ils ne peuvent quand même pas vous arrêter, je suppose ?

Elle regarda Mergin sans le voir.

— M'arrêter ? Pour quel motif ? Je n'ai rien fait de répréhensible que je sache ? Ce n'est pas parce que je couche avec vous de temps en temps que je peux être accusée d'espionnage, non ?

— Je voulais vous prévenir, et prévenir Jean-Paul. Il me semble que nous devrions nous mettre d'accord pour adopter une ligne de conduite.

— Quelle ligne de conduite ? Je ne suis pas dans le coup, moi.

— Mais c'est à *vous* que la police en veut, rétorqua-t-il.

— Et Jean-Paul ?

— Le policier a cité son nom, sans plus. Il a un métier, lui.

— Mais moi aussi, j'ai un métier.

— Oui, c'est vrai. L'inspecteur m'a d'ailleurs indiqué que vous exerciez la profession de courtière en œuvres d'art. Mais il a dit cela sur un ton sceptique.

Nicole fit un effort surhumain pour dominer la peur qui lui crispait les entrailles.

— Bon, voyons les choses en face. Merci de m'avoir prévenue. J'en parlerai à Jean-Paul dès son retour. Ne vous attardez pas ici... Ce serait le bouquet, si les flics découvraient que je suis votre maîtresse ! Nous volerions en taule en moins de deux.

Cette perspective donna des ailes à Mergin.

— Oui, vous avez raison, dit-il en se levant. J'espère que Jean-Paul me tiendra au courant. S'il pouvait faire un saut chez moi, demain soir par exemple. Je ne peux pas rester dans l'angoisse... Je sens que je vais tomber malade, je ne plaisante pas.

— Ce n'est pas le moment ! jeta-t-elle, cinglante. Est-ce que vous êtes un homme, oui ou non ? Qu'est-ce que je dois dire, moi ?

— J'ai peur pour vous aussi, Nicole, balbutia Mergin, le visage décoloré.

— Bon, laissez-moi. Et ne vous en faites pas pour moi, je ne suis qu'une femme mais j'ai du courage quand il le faut.

Mergin s'en alla.

Restée seule, Nicole demeura immobile pendant plusieurs minutes, debout au milieu du salon. Puis, avec des gestes de somnambule, elle alla chercher une bouteille de scotch, un verre, se versa une large ration de whisky, prit place sur le divan.

Elle but l'alcool sans se rendre compte de ce qu'elle faisait.

***

Jean-Paul Wagner rentra de Strasbourg à 23 h 25. Il ne pavoisait pas. Passant aussitôt de son appartement dans celui de sa voisine, il fronça les sourcils en voyant Nicole affalée sur le divan, un verre de whisky dans la main.

— Tu t'adonnes à la boisson maintenant ? maugréa-t-il.

— Assieds-toi et raconte, commanda-t-elle d'une voix un peu pâteuse. Je t'expliquerai après. Qu'est-ce qu'il chante, ton copain Michel ?

— Eh bien, ce n'est pas tellement brillant, avoua-t-il, sombre. Mergin n'avait pas tout à fait tort. Il y a eu des histoires et ils n'en mènent pas large, là-bas. Tu connais Michel. Ce n'est pas une mauviette. Je ne dis pas qu'il s'affole, mais enfin... j'ai bien senti qu'il n'était pas dans son assiette.

— Pourquoi ?

— Un des chefs de division de la Section Europe a lâché. Et il est entre les mains de la C.I.A. Trois agents ont été arrêtés à la suite des révélations de ce transfuge.

— C'est la catastrophe, en somme ?

— N'exagérons rien. Un coup dur n'est pas exclu, naturellement, mais ce n'est pas une certitude. Nous ne sommes pas aux premières lignes. Il y a du gibier plus important que nous dans le réseau.

— Il a la trouille, comme tout le monde, si je comprends bien ?

— Oui, reconnut Wagner. Nous sommes dans un sale pétrin, c'est indiscutable.

— Tu ne sais pas tout, articula-t-elle, hargneuse. Mergin a reçu la visite d'un inspecteur de la D.S.T. Mais tu ne devineras jamais à quel sujet ce flic a interrogé Mergin.

Wagner, le front barré de deux rides, dévisagea son amie.

— Eh bien, parle, bondieu ! grinça-t-il.

— *A mon sujet !* lança-t-elle avec une pointe de défi. Ce policier avait une photo de moi dans sa poche et il l'a montrée à Mergin. Fabuleux, non ?

Wagner ne saisissait pas.

— Pourquoi ce flic a-t-il montré ta photo à Mergin ?

— Pour savoir s'il me connaissait, s'il m'avait déjà rencontrée, s'il y avait des contacts entre lui et moi. Pour le mettre en garde, quoi ! Je suis soupçonnée d'être une espionne. Tu te rends compte !

Wagner se laissa tomber dans un fauteuil. A la lettre, les révélations de Nicole lui donnaient le vertige.

— Mais... mais, bégaya-t-il, c'est incroyable, cette histoire. Pourquoi toi ?

— C'est ce que je cherche à comprendre depuis deux heures.

— Mais enfin, Nic, ça ne tient pas debout.

— Je suis bien de ton avis, mais les faits sont là : *la suspecte, c'est moi.*

Il la scruta d'un œil méfiant.

— Tu es sûre que tu n'as pas un coup dans l'aile, Nic ?

— Crétin. Je me suis tapé quelques scotchs pour me remettre de la secousse, mais je suis très lucide, crois-moi. D'ailleurs, Mergin te racontera lui-même son histoire. Il veut absolument te voir. Il pense que nous devons nous fixer une ligne de conduite.

En silence, avec des gestes lents et mécaniques, Wagner se versa un verre de whisky.

— Bon, grommela-t-il, pas de panique. Essayons d'y voir clair. Pour quelle raison la

D.S.T. te soupçonne-t-elle d'être une espionne? C'est ça, le problème.

Le regard fixé sur son verre d'alcool, il réfléchit pendant plusieurs minutes. Nicole le dévisagea et murmura finalement sur un ton caustique :

— J'attends ta réponse à cette question.

— Je ne vois vraiment pas.

— Depuis le temps que je tourne cette histoire dans ma tête, il me semble que j'aurais trouvé la réponse s'il y avait une réponse à trouver. Mais il n'y en pas. Ou plutôt, il n'y en a qu'une.

Comme elle se taisait, il maugréa :

— Laquelle?

— C'est une vacherie.

— Une vacherie?

— Un mauvais coup de Michel. Une vengeance, quoi. Comme je n'ai jamais voulu coucher avec lui, il me fait payer son dépit.

— Tu es folle, non?

— Si tu penses que je suis folle, donne-moi une autre explication.

— Pourquoi Michel aurait-il fait ça?

— Je viens de te le dire. Chaque fois qu'il m'a fait du gringue, je l'ai envoyé sur les roses. Mais il y a encore une autre raison. Rappelle-toi, il y a environ trois ans, quand Michel t'a proposé de travailler dans son réseau, j'ai fait tout ce que j'ai pu pour te dissuader. Et je ne lui ai pas caché ma façon de penser à ce sujet. Il m'en a voulu, je l'ai senti.

— Tu divagues, Nic. Ce n'est quand même pas Michel qui irait te donner aux flics. Il sait bien que ça se retournerait contre lui tôt ou tard.

— Je ne sais pas ce que vous mijotez ensemble

quand tu le rencontres à Strasbourg, mais il y a plusieurs façons de balancer à la police quelqu'un dont on veut se débarrasser. De plus, il espère peut-être détourner les soupçons vers d'autres que lui-même. Tu viens de me dire que son réseau a craqué, que des fuites se sont produites. Il suffit de glisser mon nom à bon escient pour créer une fausse piste, pour lancer le contre-espionnage à mes trousses.

Les paroles de la jeune femme ouvraient des perspectives qui plongeaient Wagner dans un tel désarroi qu'il en perdait la faculté de raisonner.

— Ce n'est pas possible, laissa-t-il tomber. La peur te fait déconner...

— En tout cas, si je vole en taule, je n'y volerai pas seule. Tu peux prévenir ton copain Michel. Comme on dit chez nous, *il n'est si méchant qui trouve sa méchante...*

— Ne raconte pas de sottises.

— Car tu trouves que je raconte des sottises ? persifla-t-elle, amère. Savoir que des flics se baladent dans la ville avec votre photo dans leur poche, ce n'est rien du tout. Savoir qu'un mec de la D.S.T. peut sonner à votre porte d'un moment à l'autre et vous passer les menottes, c'est un gag amusant. Mes compliments, mon petit Jip. Ton sens de l'humour est une surprise pour moi.

Il vida son verre, se prit la tête dans les mains.

— Je me demande une chose, Nic, marmonna-t-il d'une voix sourde, est-ce qu'on ne ferait pas mieux de foutre le camp tout de suite ?

— Pour aller où ?

— A Strasbourg. Michel se débrouillera pour nous mettre en lieu sûr.

— Ton Michel ne m'a jamais inspiré aucune confiance. Et maintenant moins que jamais.

— Nous verrons bien comment il réagira.

— Un suspect qui prend la fuite reconnaît sa culpabilité.

— Légalement, tu es coupable, alors, qu'est-ce que ça change ?

— D'accord, mais je n'ai pas envie de porter le chapeau, moi. Dix ans de cabane pour ce que j'ai fait, c'est trop à mon goût. Sans compter que ce n'est pas pour mon plaisir que j'ai embobiné les quatre ou cinq corniauds qui t'ont refilé des renseignements. Je veux bien être condamnée comme complice, mais je ne veux pas que le tribunal me prenne pour la principale coupable.

Wagner éructa, furibond :

— Tu parles de tribunal, de prison, de condamnation, mais nous n'en sommes pas encore là, bondieu ! Les flics s'intéressent à toi, d'accord, mais ça ne prouve rien. Si leur enquête ne les mène nulle part, ils laisseront tomber.

— Qui sait ? fit-elle en haussant les épaules. Moi, je n'y crois pas.

— La nuit porte conseil. Va te coucher, Nic. Nous y verrons peut-être plus clair demain matin.

Elle opina en silence, se leva, demanda :

— Tu dors ici ?

— Non, je vais dormir chez moi.

— Tu crois que tu pourras dormir ?

— Non, je suis presque sûr du contraire. Mais il vaut mieux être prudent. Si les flics me trouvaient dans ton lit...

— Tu es un beau salaud, mon petit Jip, soupira-t-elle, écœurée.

***

Le lendemain, Coplan arriva chez Tourain vers 9 h 25.

— J'ai des tas de choses à vous raconter, dit le policier. Et d'abord, ma visite à Mergin. Figurez-vous que j'avais presque pitié de ce pauvre type. Je lui inspirais une telle peur que je me suis demandé s'il n'allait pas s'évanouir à mes pieds. Je crois que vous aviez raison, l'arrestation de ce minable ne présente qu'un intérêt très relatif. Même s'il dérobe des documents d'archives à la Défense, ça ne doit pas aller bien loin. Mais ce qui m'a épaté, malgré tout, c'est qu'il a eu la force de protéger Nicole Bonnel.

— Sans blague ?

— Il m'a déclaré qu'il ne la connaissait pas, qu'il ne l'avait jamais rencontrée. J'en déduis qu'il doit être drôlement mordu pour cette souris. D'ailleurs, à peine avais-je le dos tourné qu'il s'est précipité chez elle. Gozart l'a filé en douce, bien entendu.

— Par conséquent, à l'heure qu'il est, Nicole sait que la D.S.T. s'intéresse à elle ?

— Evidemment.

— Elle doit se poser des questions, murmura Francis.

— C'est ce que vous vouliez, n'est-ce pas ?

— Oui, et c'est un filon que je vais essayer d'exploiter.

— Autre chose. Comme vous le pressentiez, les appartements de Wagner et de Nicole Bonnel communiquent grâce à un panneau coulissant. De plus, il y a effectivement une installation optique et un système sonore. Wagner peut voir tout ce qui se passe et entendre tout ce qui se dit chez sa jolie voisine.

— Je l'aurais parié.

— D'après mes techniciens, c'est du matériel tchèque assez sophistiqué mais ce n'est pas vraiment de la technologie de pointe. Du reste, mes hommes ont pris l'initiative de doubler le système sonore d'un dispositif d'enregistrement à notre profit. J'espère que vous n'aviez rien contre ?

— Bien au contraire. Ce qui se raconte chez Nicole peut se révéler passionnant.

— Troisième chose. A son arrivée à Strasbourg, Wagner a été très discrètement encadré par les gars de notre ami Losser. Le rapport de Losser contient une information qui mérite peut-être notre attention. Tenez, voici une photocopie du rapport en question. Wagner, dès sa descente d'avion, a contacté un individu avec lequel il paraît entretenir des relations très amicales. Il s'agit d'un certain Michel Bader, employé permanent au Conseil de l'Europe. Ce Bader, selon Losser, exerce les fonctions d'ingénieur électronicien spécialisé dans le domaine des traductions simultanées. Vous savez comment ça se passe au Conseil de l'Europe ? Quand les représentants des 19 Etats membres se réunissent en commission ou en assemblée, il y a toute une machinerie terriblement compliquée qui permet à chacun des délégués de suivre les discours dans sa propre langue.

— Je connais. J'ai visité naguère cette installation d'une complexité que personne ne soupçonne. Pour un agent opérant à la solde des puissances de l'Est, c'est un poste d'observation incomparable.

— Justement. Losser l'a tellement bien compris qu'il a décidé de placer ce bonhomme dans son collimateur.

— Tout cela me semble parfait, opina Francis.

— Finalement, reconnut Tourain, je ne regrette pas d'avoir suivi votre conseil. Si la chance nous sourit, nous réussirons peut-être à mettre la main sur du gros gibier.

— C'est bien ce que j'espère. Je vais d'ailleurs pousser à la charrette.

— C'est-à-dire ?

— Je vais continuer mon travail de sape. Et, cette fois-ci, j'ai l'intention de mettre ma charmante amie Nicole sur la sellette. Mais j'aimerais d'abord savoir si vos plombiers ont déjà récolté quelque chose à l'avenue Bugeaud.

— Nous allons le savoir tout de suite, acquiesça Tourain en enfonçant une des touches de l'interphone.

— Boulais ? lança le commissaire en se penchant vers le micro de l'appareil placé sur son bureau.

— Je vous écoute, patron.

— Est-ce que vous avez récolté quelque chose à l'avenue Bugeaud ?

— Oui, je suis précisément en train de monter les bandes, patron. C'est du tout bon. Je comptais vous en informer dans quelques minutes.

— J'arrive, dit Tourain.

CHAPITRE VII

Coplan et Tourain écoutaient, captivés, la reproduction des propos échangés la veille par Nicole Bonnel avec Mergin d'abord et avec Wagner ensuite.

Lorsque l'audition fut terminée, Francis et le commissaire se regardèrent en silence. Puis, sur un ton pensif, le policier articula :

— Qu'est-ce que vous en dites ? Votre amie Nicole ne mâche pas ses mots, hein ? En somme, elle a vidé son sac et nous n'avons plus rien à apprendre à son sujet. Par contre, ce qu'elle raconte recoupe les informations transmises par Losser. Le Michel auquel elle fait allusion doit être le type du Conseil de l'Europe, Michel Bader.

— Sûrement. Mais ce qui a surtout retenu mon attention, c'est la phrase de Wagner : « Il y a du gibier plus important que nous dans le réseau. »

— Oui, j'ai noté ce passage. Cela confirme d'ailleurs votre hypothèse initiale. On écoute encore une fois la bande ?

— Volontiers.

L'inspecteur Boulais fit repasser l'enregistrement et, quand le silence retomba, fit ce simple commentaire :

— C'est pas la joie chez vos suspects. Ils sentent qu'ils sont brûlés, qu'ils vont se faire épingler à bref délai. Ils se feraient la valise que ça ne m'étonnerait pas. Si vous voulez les agrafer, faudrait peut-être pas trop tarder, commissaire.

Coplan rétorqua :

— A quoi bon ? Ce ne sont que des lampistes. Si nous les mettons en prison, qu'est-ce que ça nous rapportera ? Ils seront à la charge du gouvernement. Il y a mieux à faire, je n'en démords pas.

— Oui, acquiesça Tourain, il y a mieux à faire.

Un jeune inspecteur pénétra dans la pièce et remit un message au commissaire. Tourain lut la feuille.

— Wagner s'est de nouveau embarqué à Roissy pour Strasbourg, annonça-t-il. Il va sans doute mettre son copain Michel au parfum.

Coplan se gratta la tempe et marmonna :

— C'est plutôt embêtant, ça. Si les grosses têtes du réseau se mettent à paniquer, elles aussi, elles vont peut-être abandonner le champ de bataille. Et alors, pour les retrouver, ça ne sera pas de la tarte.

Tourain suggéra :

— Si vous filiez à Strasbourg, Coplan ? Boulais va vous préparer une copie de cet enregistrement et vous prendrez contact avec Losser.

S'adressant au jeune inspecteur qui avait apporté le message :

— Losser est prévenu, j'espère ?

— Oui, naturellement.

— Par conséquent, Wagner sera sous contrôle

dès son arrivée à Strasbourg, ponctua le commissaire.

Il dévisagea Coplan.

— Alors ?

— O.K. Je file à Strasbourg.

***

Ce même jour, vers 21 heures, l'inspecteur Gozart estima qu'il en avait fait assez, qu'il pouvait rentrer à la maison et passer la fin de la soirée avec sa femme. Du reste, son patron, le commissaire principal Tourain, lui avait donné carte blanche en disant : « Ce n'est plus que de la mise en scène pour impressionner le client. Quand vous en aurez soupé, rentrez chez vous. »

Gozart, la cigarette aux lèvres, ses éternels bouquins sous le bras, s'en alla vers le métro Crimée.

Christian Mergin, caché derrière le rideau de sa fenêtre, lâcha un soupir de soulagement en voyant le flic qui s'éloignait.

Ouf ! pensa-t-il. Ce n'est pas encore aujourd'hui qu'*ils* viendront m'arrêter.

Combien de temps ce supplice allait-il durer ? Cette surveillance continuelle, cette menace permanente, c'était l'enfer. Mais que faire pour y échapper ? La seule attitude possible, c'était de tenir le coup. Chaque jour qui passait sans catastrophe, c'était bon signe. A la fin, les flics finiraient peut-être par se lasser, pourquoi pas ?

Absorbé par ses cogitations déprimantes, Mergin ne put s'empêcher de sursauter quand le timbre de la sonnerie retentit.

C'est Jean-Paul, se dit-il aussitôt.

Il alla ouvrir, se trouva en présence d'un individu plutôt maigre, grand, au teint pâle et aux cheveux d'un blond tirant sur le roux, aux yeux d'un gris presque transparent, vêtu d'un pantalon gris et d'une veste d'été couleur chamois. La quarantaine environ.

— Monsieur Mergin ? s'enquit le visiteur.

— Oui, c'est moi.

— Je suis un ami de Jean-Paul Wagner et je viens de sa part. Pouvez-vous m'accorder un entretien ?

— Euh... C'est à quel sujet ?

— Je vous expliquerai.

— Eh bien, entrez.

Mergin guida l'inconnu vers la salle de séjour.

— Je vous écoute.

Le visiteur promena un regard autour de la pièce. Les traits de son visage lisse ne bougèrent pas. A vrai dire, son faciès paraissait figé. Ce n'était pas très sympathique.

— Je m'appelle Simon Pertel, prononça-t-il d'une voix curieusement feutrée. Jean-Paul Wagner nous a informés de vos ennuis. Je viens d'ailleurs de me rendre compte que votre situation n'est pas brillante : depuis plus de deux heures, il y a un individu qui monte la garde devant votre domicile. Un policier, probablement.

— Oui, c'est exact. J'ai été interrogé hier par un inspecteur de la D.S.T.

— Ah bon ? Et que voulait-il savoir ?

— Si je connaissais une certaine Nicole Bonnel.

— Nicole Bonnel ? fit le nommé Pertel, ébahi. Que lui veut-on ?

— On la soupçonne de faire de l'espionnage. L'inspecteur m'a montré sa photo.

— Tiens ! lâcha Pertel, de plus en plus étonné. C'est très inattendu, ce que vous me dites là. Mais ce n'est sans doute qu'une manœuvre, un piège. Qu'avez-vous répondu ?

— Que je ne connaissais pas cette femme, que je ne l'avais jamais rencontrée.

— Parfait. Mais ça ne change rien à notre problème. Je suis venu à Paris pour vous aider, Mergin.

— M'aider ? Qu'est-ce que vous entendez par là. Qui êtes-vous, si je peux me permettre cette question ?

— Je suis mandaté par l'organisation à laquelle vous fournissez des renseignements, si vous voyez ce que je veux dire ?

— Comment pouvez-vous m'aider ? Pourquoi voulez-vous m'aider.

— Vous me posez deux questions à la fois. Je répondrai pour commencer à la seconde. Nous ne laissons *jamais* tomber nos collaborateurs, Mergin. Ce n'est pas notre intérêt. Si le contre-espionnage met la main sur un de nos correspondants, tout le réseau est en péril, automatiquement. Ma démarche n'a donc rien de sentimental. En fait, c'est pour protéger notre organisation que je suis chargé de vous protéger, vous.

— Mais... que pouvez-vous faire pour moi ?

— Cela dépend de vous.

— De moi ?

— En dernier ressort, c'est à vous de prendre

une décision. Car vous avez le choix : ou bien vous acceptez d'aller moisir dans une cellule de prison pendant quelques années, ou bien vous vous soustrayez à l'action de la police. Simple, non ?

— Je ne vois pas comment je pourrais me soustraire à l'action de la police. Ils connaissent mon domicile, ils savent où je travaille...

— Si vous ne voulez pas être arrêté, traîné en justice, condamné, il n'y a qu'une issue : *la fuite.* Je suis ici pour faciliter votre fuite si vous optez pour cette solution.

— Mais... mais... où irais-je ? Je suis seul au monde, je n'ai ni famille ni relations.

— Ne vous faites pas de soucis à ce propos-là. Nous sommes organisés pour assurer un abri sûr à ceux de nos amis dont la liberté est menacée. Quelques mois de repos dans un lieu discret et agréable... Après, grâce à quelques modifications du visage et à une autre identité, la vie reprend son cours. Un moyen de gagner votre subsistance vous est garanti, cela va sans dire. Vous n'êtes ni le premier ni le dernier de nos collaborateurs que nous dépannons de la sorte.

— Et mes amis, Nicole et Jean-Paul ?

— Nous ferons la même chose pour eux, évidemment.

— Ils sont d'accord ?

— Je n'en sais rien. Je commence par vous car nous estimons que c'est vous qui êtes le plus menacé. Je vous signale en passant que le temps presse. Un de nos chefs nous a trahis au profit de nos ennemis capitalistes et il a livré les noms de plusieurs de nos camarades. La cause des travailleurs exige non seulement du courage mais de l'héroïsme. La tentation de l'argent, du confort, de la liberté apparente est si forte qu'elle est parfois irrésistible, hélas.

Christian Mergin était complètement décontenancé. Les paroles de son interlocuteur le plongeaient dans le désarroi le plus total.

— C'est que... je ne... bégaya-t-il d'une voix sans timbre. Je ne suis pas préparé à... à tout quitter comme ça.

— Ne vous faites pas d'illusions, mon cher. Si la police s'amène demain matin avec un mandat d'amener, vous serez de toute manière forcé de tout quitter. Dans les pires conditions.

— Je voudrais réfléchir.

— Je vous comprends parfaitement. Mais ne perdez pas de vue que je suis peut-être *votre toute dernière chance...* Je ne reviendrai pas, vous vous en doutez.

— Combien de temps pouvez-vous m'accorder ?

— Une heure. Deux au maximum.

— Je vais téléphoner à mes amis.

— Je vous l'interdis, Mergin. Votre téléphone est branché sur une table d'écoute, c'est l'évidence même. Vous avez le droit de faire des bêtises, pas moi !

— Si j'accepte votre proposition, comment... comment allons-nous faire ?

— Vous rédigez une lettre que je vais vous dicter, vous posez cette lettre bien en vue sur la table, et c'est tout. Je vous emmène, vous et vos bagages. Ma voiture est garée à quelques pas d'ici, dans une rue transversale. Demain matin, à l'aube, vous serez en sécurité.

— Que dois-je mettre dans cette lettre ?

— En gros, c'est une sorte de confession truquée. Vous reconnaissez que vous avez commis une folie, que vous êtes crucifié par les remords et que vous avez choisi de disparaître. Les policiers interpréteront cela comme ils voudront. En général, après quelques recherches demeurées vaines, ils adoptent la thèse du suicide car elle les arrange bien. Ils classent le dossier et ils passent à d'autres occupations. Il y a tant de suicidés dont on ne retrouve jamais le cadavre.

— Et mes meubles ?

Simon Pertel eut un sourire en lame de couteau.

— Ne vous en faites pas, le receveur des impôts les fera vendre pour empocher l'argent. Les morts et les disparus sont des proies que le fisc adore, vu qu'elles ne peuvent plus se défendre. Le capitalisme, c'est cela. Je ne comprends même pas comment vous pouvez hésiter…

Mergin, prostré, se laissa tomber sur une chaise.

CHAPITRE VIII

Pendant que Christian Mergin discutait avec le nommé Pertel de sa fuite éventuelle, Francis Coplan volait vers Strasbourg comme passager du vol Air Inter 7401.

Avant de quitter Paris, il avait eu une longue conversation avec son directeur. Celui-ci — que tout le monde appelait le Vieux dans le Service — avait approuvé Coplan après avoir écouté la bande enregistrée à l'avenue Bugeaud.

— Je suis d'accord avec vous, avait dit le Vieux. Dans cette histoire, le menu fretin ne présente aucun intérêt pour nous. En revanche, les gens qui dirigent ce réseau doivent absolument être neutralisés. Nous sommes littéralement infestés par les agents de Moscou. Ils sont partout. Sur le plan international et même sur le plan européen, ils récoltent des informations qui finissent par nous poser des problèmes terribles. Qu'il s'agisse de l'O.N.U., de l'O.T.A.N., de la Communauté Européenne, ils sont au courant de tout ce qui se prépare et ils parviennent à saboter nos plans, à couler nos initiatives, à démolir nos projets. Dieu merci, c'est une situation de fait que le grand public ignore ! Mais il faut que cela cesse. Il y va non seulement de l'avenir de la France, mais de l'avenir de la paix. Sans compter que les Russes et les Américains s'entendent comme cul et chemise à ce niveau-là. Bref, la consigne est simple : ne vous souciez pas des sous-fifres mais frappez les manipulateurs. Et n'hésitez pas à les frapper durement, si vous en avez l'occasion.

Coplan repensait à ces paroles du Vieux alors que l'avion amorçait sa descente sur la capitale de l'Alsace. A toutes fins utiles, il avait quelque peu modifié son visage ; une moustache bien fournie et des lunettes d'écaille aux verres légèrement teintés transformaient son apparence.

A l'aéroport d'Entzheim, il fut accueilli par le représentant local du S.D.E.C., Fritz Tolman, qu'il connaissait de longue date. Grand et corpulent, le teint rouge, le cheveu blond et l'œil bleu, Tolman jouissait d'une excellente réputation dans le Service. Ce n'était pas pour rien que le Vieux l'avait placé dans un secteur particulièrement délicat.

— Salut, Fritz, dit Coplan. Toujours la pleine forme, à ce que je vois ?

— Salut, Francis. Je suis vachement content de te revoir. Ce n'est pas tous les jours que tu nous fais l'honneur d'une visite. Et avec une superbe moustache encore !

— C'est vrai, ma foi, on se voit trop peu. Tu sais que j'adore Strasbourg et l'Alsace. Mais que veux-tu, on n'a pas besoin de moi ici. Tu fais merveilleusement l'affaire.

— Voilà un compliment qui me touche. Le Vieux m'a raconté l'histoire qui t'amène. J'ai déjà contacté Losser et nous le verrons dans une demi-heure. C'est un technicien du Palais de l'Europe qui t'intéresse, un certain Michel Bader ?

— Oui et non. Ce Bader n'est qu'une base de départ. Ce qui m'intéresse, c'est ce qu'il y a au-dessus du Bader en question.

— Nous examinerons tout cela avec Losser. Après le coup de fil du Vieux, j'ai jeté un œil dans ma documentation. Je n'ai rien sur le nommé Michel Bader.

A bord de la Mercedes de Fritz Tolman, ils prirent la direction de Strasbourg. Les douze kilomètres furent promptement couverts. Tolman murmura :

— Comme nous sommes un peu en avance, je te fais faire un tour de la ville. Pas d'objection ?

— Bien au contraire.

En cette fin du mois d'août, sous un soleil resplendissant, la ville avait presque un air féerique. Les eaux scintillantes de l'Ill, les quais fleuris, les antiques maisons si pittoresques de la vieille France, le folklore vivant qui colorait les rues, tout cela formait un décor merveilleux qui dégageait une sorte de tendresse humaine dont la douceur touchait le cœur. Les touristes, nombreux, parcouraient les ruelles, photographiaient la célèbre maison Kammerzell, admiraient les ponts couverts et les trois tours grises, convergeaient finalement vers la somptueuse cathédrale rose où la foule s'agglomérait comme un gigantesque essaim d'abeilles.

Fred Losser, commissaire de la D.S.T. à Strasbourg, un costaud de 40 ans, aux traits placides, reçut ses deux collègues du S.D.E.C.

dans un local situé au rez-de-chaussée d'un immeuble de la place Kléber.

— J'ai pensé, dit Losser en souriant, que ça ne vous plairait pas tellement de vous montrer à mon bureau. Asseyez-vous, je vous en prie.

Coplan et Tolman prirent place sur des chaises. Coplan exhiba une cassette et prononça :

— Si vous le voulez bien, nous commencerons par le commencement. Voici un enregistrement qui contient l'essentiel de nos éléments de travail. C'est une conversation de la suspecte Nicole Bonnel avec son complice Christian Mergin et ensuite avec son autre complice, Jean-Paul Wagner, qui est aussi son ami d'enfance. Elle habite avec lui à Paris. Ecoutons cela, je vous donnerai ensuite des explications complémentaires.

Après l'audition de la cassette, le commissaire Losser émit de sa voix de basse :

— Oui, ça résume tout. Et je suppose que c'est à Michel Bader que vous vous intéressez maintenant en priorité ?

Coplan opina.

— Exactement. Et à ceux qui cornaquent cet individu.

— Voici la photo de Michel Bader, dit Losser.

Le cliché représentait un homme d'environ quarante-cinq ans, grand, osseux, habillé d'une façon assez stricte. Son visage aux traits burinés n'avait rien de bien sympathique. Son nez aquilin, ses cheveux abondants et mal peignés, sa bouche trop lippue trahissaient, on ne sait pourquoi, une espèce de vulgarité intérieure pas du tout emballante.

Losser commenta tranquillement :

— Je comprends la répugnance de Nicole Bonnel. Ce type a tout du cynique, du jouisseur, de l'homme qui n'a ni délicatesse ni scrupules. Par contre, sa réputation professionnelle est solidement établie. Le directeur du Palais de l'Europe a beaucoup d'estime pour sa compétence.

Tolman demanda :

— Où habite-t-il ?

— Il vit dans une pension de famille de la rue Goethe, au nord-est de la ville.

— Pas loin de son travail, en somme ? fit Tolman.

— En effet. Il a un petit quart d'heure à faire à pied pour être au Palais de l'Europe. J'ajoute qu'il est célibataire, que les Renseignements Généraux ne lui connaissent aucune opinion politique affichée, que sa logeuse laisse entendre qu'il serait assez cavaleur et que sa seule distraction serait de faire des excursions en Forêt Noire. Quand il n'est pas de service le dimanche, il se rend en voiture à Offenburg où il a quelques amis qui aiment également les promenades pédestres en montagne.

Coplan questionna :

— D'après vous, commissaire, comment peut-on qualifier les rapports de ce Bader avec Jean-Paul Wagner ?

— Très cordiaux, de toute évidence. Avec pourtant, me semble-t-il, une pointe de condescendance de Wagner à l'égard de l'autre. Je parle d'une impression que j'ai eue en les observant. Mais j'ai une chose plus intéressante à vous signaler. Elle est toute récente, puisqu'elle date d'aujourd'hui même. Comme vous le savez, Wagner est revenu ce matin et il a revu Bader. Après leur entretien, Bader s'est rendu dans un grand hôtel de la place de Bordeaux. Détail étrange, pour se rendre à l'hôtel en question, Bader a pris des précautions inhabituelles. Jusqu'à présent, il n'avait jamais donné l'impression d'être sur le qui-vive ni manifesté la moindre inquiétude. Or, cette fois-ci, et mon collaborateur est formel sur ce point, il n'arrêtait pas de se retourner, il s'avançait dans une rue pour opérer une brusque volte-face et examiner les gens qui marchaient dans son sillage, bref, il était sur ses gardes. A tel point que mon gars, l'inspecteur Weiller, a jugé plus sage de ne pas trop insister. Il s'est abstenu de suivre Bader à l'intérieur de l'hôtel. Heureusement, j'ai quelqu'un dans la place et j'ai pu savoir que Bader avait rencontré dans le hall un personnage auquel nous nous sommes déjà intéressés. Il s'agit d'un nommé Walter Bosch, un Strasbourgeois qui fait dans l'import-export et qui travaille principalement avec la Pologne. Voici la photo de Walter Bosch.

L'image, prise à la sauvette, représentait un petit homme d'environ 50 ans, replet, avec une bonne bouille ronde où se remarquaient surtout des petits yeux acérés.

Tolman marmonna :

— Il a des petits yeux de cochon, ce mec-là. Pourquoi l'avez-vous photographié ?

— Oh, ça date d'il y a deux ans ! Le comportement de cet individu nous intriguait. Deux ou trois soirs par semaine, il file à Baden-Baden pour aller jouer à la roulette au casino. Remarquez, il gagne très bien sa vie et il ne joue pas gros. Mais tout de même.

Tolman grinça :

— C'est peut-être un veinard, qui sait ?

— En tout cas, nous n'avons rien découvert d'anormal et nous avons laissé tomber. Nous avons peut-être eu tort. Car la coïncidence est pour le moins surprenante : voilà que ce bonhomme est en relation avec un type dont vous avez la preuve qu'il est mouillé dans une affaire d'espionnage.

Coplan s'enquit :

— Quand vous dites que ce Walter Bosch travaille principalement avec la Pologne, qu'est-ce que vous entendez par là ?

Losser eut un sourire.

— Je me trompe peut-être, mais je crois que je vais vous apprendre quelque chose. Les Parisiens connaissent mal leurs provinces. Est-ce que vous savez, monsieur Coplan, que l'Alsace occupe actuellement le premier rang par tête d'habitant dans les relations économiques franco-polonaises ? (1)

— Première nouvelle, avoua Francis. En effet, vous venez de m'apprendre quelque chose.

— Est-ce que vous savez, enchaîna Losser, que l'Office Central du Commerce Extérieur de la Pologne a installé des bureaux permanents dans la zone portuaire de Strasbourg ?

— De mieux en mieux, fit Coplan. Je suis assez calé sur ce qui se passe à Singapour, à Manille ou à

(1) Authentique.

Djakarta, mais je suis scandaleusement ignare au sujet de l'Alsace.

Fritz Tolman intervint.

— Vous racontez des choses passionnantes, commissaire. On pourrait presque tracer un itinéraire d'après vos révélations. Wagner, Michel Bader, Walter Bosch et la suite. Mais peut-on imaginer que les Polonais seraient en cheville avec Moscou ?

Coplan, vers qui les regards de ses deux interlocuteurs convergeaient, prononça sur un ton pensif :

— Sur ce plan-là, les précédents sont rarissimes. Mais il y en a. Les Soviétiques ont beau se méfier des Polonais, cela n'empêche nullement le K.G.B. d'avoir des ramifications dans certains milieux de Varsovie. Sans compter que le gouvernement est contrôlé par l'U.R.S.S.

Tolman ponctua :

— Par conséquent, une collaboration Bader-Bosch avec le S.R. soviétique, *via les Polonais*, n'aurait rien d'invraisemblable ?

Coplan confirma :

— Sûrement pas. Mais il faudra bien regarder où nous mettons les pieds. Une fausse manœuvre, à cet échelon-là, ce serait grave. La République Française entretient avec la Pologne des *relations privilégiées*. Vous voyez ce que cela veut dire, je suppose ?

Losser et Tolman restèrent muets. Coplan reprit :

— Je me rends parfaitement compte qu'il y a une contradiction fondamentale dans cette histoire. Le directeur du S.D.E.C. m'a donné l'ordre de frapper le plus haut possible et le plus durement possible. Par contre, si nos investigations nous conduisent vers des Polonais, il se produira un effet boomerang qui risque de nous coûter cher.

Tolman maugréa :

— En somme, c'est du gâteau ?

Losser, qui ne dépendait pas du S.D.E.C. mais de la D.S.T., s'informa tout en jouant avec son stylobille :

— Qu'est-ce que vous attendez de moi, en définitive, monsieur Coplan ?

— Est-ce que vous disposez d'un moyen de contrôler les contacts de Walter Bosch avec les Polonais ?

— Oui et non, murmura Losser, évasif. Des surveillances, des contrôles intermittents, les grilles habituelles (1).

— Vous n'avez aucun indicateur au sein de la colonie polonaise ?

— Non. Nous sommes comme les Russes, nous nous méfions de ces Polonais. Ce sont tous des romantiques, des instables. On ne peut rien construire de valable sur ce terrain-là.

— Eh bien, tant pis ! dit Francis. La plus belle fille ne peut donner que ce qu'elle a. Tout ce que je vous demande, c'est d'ouvrir l'œil. Si vous récoltez la moindre indication qui vous semble digne d'intérêt, répercutez-la sur Tourain. Nous travaillons la main dans la main.

— Entendu, acquiesça Losser. Vous ne désirez

(1) La grille est un ensemble de dispositifs de contrôle ; entre autres, la vérification du courrier, l'écoute du téléphone, etc.

pas jeter un coup d'œil personnel sur vos deux suspects, Bader et Bosch ?

— Non, vaut mieux pas. Si les événements l'exigent, je reviendrai.

Les deux agents du S.D.E.C. prirent congé.

Tandis que la Mercedes de Tolman démarrait, Coplan prononça d'une voix enjouée :

— Ma foi, le déplacement valait le coup. C'est un gars très bien, le commissaire Losser. En moins d'une demi-heure, il m'a appris des tas de choses.

— Vous rentrez à Paris ?

— Oui, je prendrai le premier avion, demain matin.

— Où comptez-vous loger ?

— Aucune idée.

— Dans ce cas, je vous offre l'hospitalité.

***

C'est vers 10 heures, le lendemain matin, que Coplan se présenta au bureau du commissaire-principal Tourain.

Le policier lança son mot habituel :

— Alors ?

— Alors ? dit Francis. Nos affaires ne vont pas trop mal. Votre collègue de Strasbourg est un type remarquable.

Il relata en détail son entrevue avec Losser et conclut :

— Je suis sûr qu'il fera le maximum sans en faire trop. Il a parfaitement pigé la situation. Je lui fais confiance.

— Est-ce que vous avez vu Michel Bader ?

— J'ai vu sa photo et ça m'a suffi. C'est un salopard, sans aucun doute, mais c'est un minable. En revanche, son copain, Walter Bosch, est un personnage nettement plus intéressant. Et ses liens avec les Polonais nous ouvrent des perspectives pleines de promesses. Nous en reparlerons, j'en suis persuadé. Et ici, quoi de neuf ?

— Rien de sensationnel. Votre amie Nicole s'est réveillée hier matin avec une migraine carabinée. Elle a encouragé son ami Jean-Paul à retourner à Strasbourg pour mettre Michel au courant des dernières nouvelles. C'est tout. Si vous désirez entendre leur conversation, je vous passe la bande. Je l'ai gardée à votre intention.

— Volontiers.

Cette audition n'apporta rien de particulier, sinon la preuve que Nicole n'avait pas seulement mal au crâne — elle avait dû boire trop de whisky la veille — mais qu'elle avait surtout le moral en baisse. Elle paraissait vraiment obsédée par l'idée qu'on pouvait venir l'arrêter d'un moment à l'autre.

Tourain grommela :

— La pauvre ! Si elle se doutait que nous sommes prêts à tout sauf à l'épingler, elle ne se ferait pas tant de bile.

— Laissons-la mijoter dans son jus, murmura Francis. La peur est le commencement de la sagesse. Je file chez le Vieux. Je vais lui raconter ce que j'ai appris à Strasbourg. Je suis presque sûr qu'il va faire la gueule.

Effectivement, le Vieux fit la gueule. Son visage, à mesure que Coplan lui narrait l'essentiel de son entretien avec le commissaire Losser, s'assombrissait.

— Bon, conclut-il, du train où vont les choses, je vois poindre de gros emmerdements à l'horizon. Si la filière Wagner aboutit chez les Polonais, c'est sur notre tête que les coups de bâton vont pleuvoir. Les Polonais sont les enfants chéris du gouvernement, vous le savez.

— Vous m'avez pourtant bien recommandé de frapper le plus haut possible et le plus fort possible ?

— Oui, oui, c'est ce que je vous ai dit, grommela le Vieux. Mais il se pourrait que je change d'opinion. Si vous frappez fort et si c'est moi qui encaisse, ce n'est plus du tout pareil.

L'interphone grésilla. Le Vieux enfonça une des touches de l'appareil, bougonna devant le micro :

— J'écoute.

— Le commissaire Tourain au téléphone.

— Envoyez.

Tourain salua le Vieux et débita sur un ton excité :

— Christian Mergin est mort.

— Hein ? Quoi ? fit le Vieux, épaté.

— Christian Mergin est mort, répéta Tourain. Ce pauvre imbécile s'est suicidé. Il a avalé un tube de barbituriques ! Je suis dans son appartement de la rue de Flandre. Il a laissé une lettre où il confesse ses fautes et où il dit qu'il préfère disparaître. Vous vous rendez compte ! J'aurais mieux fait de le foutre au bigne, c'est sûr. J'avais senti qu'il était au bord du désespoir. Coplan n'est pas dans vos parages, par hasard ? Je voudrais le mettre au parfum.

— Il est là, devant moi, et il vous a entendu. Vous pouvez lui parler si vous le désirez.

— Alors, Coplan, ricana Tourain. Vous êtes satisfait maintenant ? Vous vouliez lui flanquer une trouille verte, à ce pauvre type. Il en est mort.

— Doucement, doucement, commissaire, articula Francis. Je vous saurais gré de m'épargner vos sarcasmes. Comment avez-vous appris le suicide de Mergin ?

— C'est Gozart qui m'a demandé de retourner le voir. Mergin avait des habitudes de célibataire maniaque ; le matin, à 8 heures précises, il quittait son domicile pour aller prendre un café-crème à un bistrot voisin. Et aussi, à son lever, il tirait les rideaux et il ouvrait les fenêtres de son appartement. Or, ce matin, rien n'a bougé. Gozart m'a téléphoné pour me signaler ces anomalies ; il croyait que Mergin avait pris la clé des champs. Bref, je me suis rendu sur place, et j'ai découvert le gars étendu sur son lit, tout habillé, dormant de son dernier sommeil.

Coplan, les sourcils froncés, grommela :

— Mais enfin, Tourain, ça ne colle pas du tout, cette histoire. Rappelez-vous ce que Mergin a dit à Nicole après votre visite. Il se sentait surtout inquiet *pour elle !* S'il s'était suicidé *avant* votre visite, j'aurais compris. Mais vos propos ont dû calmer ses angoisses puisque vos soupçons concernaient principalement Nicole.

— Euh, oui, bien sûr. Mais le fait est là.

— Une autre question, reprit Coplan. Les écoutes ne vous ont rien signalé ?

— Non.

— Alors, je suis tout à fait sûr que c'est du bidon.

— Quoi ?

— Le suicide de Mergin. Qu'un type comme lui puisse se donner la mort sans dire adieu à la seule femme qu'il ait jamais aimée, ça n'existe pas. *On a suicidé Mergin,* j'en mettrais ma main à couper ! Qu'est-ce que vous comptez faire du cadavre ?

— J'ai appelé une ambulance. Je vais le déposer à l'Institut Médico-légal.

— O.K. Je vous rejoins là-bas dans trois quarts d'heure.

Le Vieux coupa la communication, dévisagea Coplan.

— Vous croyez que c'est un assassinat ?

— Oui. Et je vais demander au docteur Morelle de m'accompagner à la morgue. Il aura l'occasion de faire une expérience tout à fait dans ses cordes.

Le Vieux marmonna :

— Au fond, vous avez peut-être raison. En donnant l'alerte à ses complices de Strasbourg, Wagner leur a peut-être flanqué la trouille. Un réseau bien organisé n'hésite pas à sacrifier les branches pourries...

***

Le docteur Morelle était un jeune et savant docteur en médecine d'une bonne trentaine d'années qui, plutôt que de faire de la clientèle, se consacrait à des recherches sur les toxiques.

Attaché au laboratoire médical et scientifique du S.D.E.C., il s'était principalement penché sur les problèmes de la *mort invisible.* Il avait d'ailleurs fait, tout récemment, un exposé réservé à une vingtaine d'agents d'élite du Service pour leur parler d'un cas qui s'était produit en Grande-Bretagne : un contestataire de l'Est avait été assassiné en pleine rue, piqué par la pointe d'un parapluie.

Dès son arrivée à l'Institut Médico-légal, le docteur se mit au travail. Le corps de Mergin, complètement dénudé, avait été allongé sur une table de marbre. Morelle, en blouse blanche, un pinceau dans une main et une bassine remplie d'un liquide laiteux dans l'autre, entreprit de badigeonner minutieusement, morceau par morceau, le cadavre.

Tourain et Coplan, qui avaient également revêtu des blouses blanches, assistaient, attentifs, à l'opération.

Soudain, le docteur s'exclama :

— Nous y voilà ! Pas de doute ! Regardez...

Tourain et Coplan se penchèrent pour examiner l'endroit que Morelle leur désignait du bout de son pinceau, le creux de l'aine gauche. Un vague début de hernie inguinale boursouflait le pli de chair et trois petites auréoles grisâtres étaient visibles sur la peau enduite de substance.

— Le produit que j'ai mis au point donne une réaction chimique avec les traces de poison qui imprègnent les tissus... Normalement, ces trois piqûres ne sont pas décelables. Mais c'est cela, ma trouvaille : il y a toujours un reste de la substance toxique qui subsiste sous la peau. Il suffisait d'y penser. Ce malheureux a bel et bien été piqué.

Coplan prononça :

— Bravo, toubib. Vous me sauvez la mise.

Il regarda Tourain.

— N'avais-je pas raison ?

Tourain maugréa :

— Mergin ne s'est tout de même pas laissé faire des piqûres à cet endroit-là ?

Le docteur s'exclaffa.

— Bien sûr que non. Il a d'abord été endormi par un anesthésiant de type courant. Les piqûres ont été faites pendant qu'il dormait. Et si cela peut vous consoler, je peux vous garantir qu'il n'a pas souffert. Il est passé d'un sommeil provisoire au sommeil définitif sans ressentir quoi que ce soit. Une très belle mort, en fait.

Tourain opina en silence. Puis, en dévisageant Coplan, il articula d'une voix sombre :

— S'ils se mettent à tuer, ça change tout. J'en connais d'autres qui pourraient y passer très bientôt. Vous n'êtes pas de mon avis ?

— Si. Et je crois que c'est le moment de prendre le taureau par les cornes.

CHAPITRE IX

Affalés dans les fauteuils fatigués du salon, chez Nicole Bonnel, Jean-Paul Wagner et son amie discutaient d'un air maussade.

Wagner prononça en regardant sa montre :

— Midi moins dix. Si tu veux qu'on aille déjeuner, prends ton bain et habille-toi.

— Je n'ai pas faim, murmura Nicole. Si tu as envie d'aller au restaurant, vas-y seul. Je me contenterai d'un sandwich. Il y a encore des rillettes et du camembert au frigo.

— Tu es ridicule.

— Je le sais.

— Enfin, Nic, ça va faire le troisième jour que tu refuses de mettre le nez dehors. Sois raisonnable.

— C'est justement parce que je suis raisonnable que je ne veux pas sortir. Pour traîner un flic derrière moi, merci.

— En somme, tout ce que je t'ai raconté ne t'a pas convaincue ?

— Pas un instant. Je suis sûre que Michel t'a bourré le crâne, je le sens. Et si quelqu'un m'a donnée aux poulets, ce n'est pas Mergin comme

Michel le prétend, c'est un des copains de Michel. Pour canaliser les soupçons vers nous et tirer leur épingle du jeu. Tu as beau...

La sonnerie du téléphone la fit sursauter. Elle tourna les yeux vers l'appareil, posé sur une commode à l'entrée de la pièce.

Wagner bougonna de son air méchant :

— Eh bien, décroche, bondieu ! La police ne va pas t'arrêter par téléphone, non ?

— J'ai les nerfs à plat, souffla-t-elle en se levant avec lassitude.

Elle décrocha.

— Allô ? Nicole Bonnel ? s'enquit la voix au bout du fil.

— Oui.

— C'est Francis Coplan.

— Ah ? Déjà de retour ?

— Euh, oui. On dirait que cela ne vous fait pas plaisir.

— Mais si. Excusez-moi, je suis légèrement souffrante. Vous venez aux nouvelles pour l'expertise du Buffet, j'imagine ?

— Non, j'ai d'autres soucis pour l'instant. Quand puis-je vous voir ?

— Me voir ? Pourquoi ? Je ne suis pas en état de sortir, j'ai une migraine épouvantable.

— C'est très important.

— Important pour vous ou pour moi ?

— Pour vous *et* pour moi.

— Que voulez-vous dire ?

— Ecoutez, je passe vous prendre en taxi et nous déjeunons ensemble. Dans combien de temps pouvez-vous être prête ?

Wagner, qui avait pris le deuxième écouteur,

hochait la tête affirmativement pour pousser son amie à accepter la proposition de Coplan. Mais elle hésitait.

— Franchement, dit-elle, je ne suis pas en forme.

— Aucune importance. Quand je vous aurai parlé de *notre* problème, vous me remercierez. Je vous répète que c'est une affaire très importante.

— Bon, puisque vous insistez... Disons dans une heure. Je serai devant l'immeuble à 13 heures.

— Merci. A tout à l'heure.

Elle raccrocha.

Scrutant Wagner d'un œil glacial, elle s'enquit :

— Pourquoi tiens-tu tellement à ce que j'aille bouffer avec ce type ?

— Parce que tu as besoin d'être secouée pour sortir de ta déprime.

— Tu trouves que je ne suis pas assez secouée ces temps-ci ? fit-elle, amère.

— Je te connais, Nic. Si ce gus pouvait te baiser un bon coup, je suis sûr que tu redeviendrais illico toi-même. Ce qui te manque, c'est ça.

— Tu es complètement à côté de la question, soupira-t-elle. J'ai autant envie de m'envoyer en l'air que de me cogner la tête aux murs.

— Mon œil ! rétorqua-t-il méchamment. C'est bien la première fois que je te vois dans cet état-là ! Une chiffe molle. Comme s'il suffisait d'un flic qui se promène avec ta photo pour te faire perdre ton cran. A d'autres !

Elle darda sur lui une prunelle encore plus méfiante.

— Après tout, tu as peut-être raison. Mais ne

compte pas sur moi pour t'offrir ton cinéma. Si ce type doit me sauter, ça ne se passera pas ici.

— Pourquoi ?

— Parce que.

Devant son air buté, il n'essaya même pas de plaider sa cause de voyeur. Il se vengea d'une autre façon.

— Bon amusement quand même, siffla-t-il, acerbe. Tout compte fait, je vais suivre le conseil de Michel. Je file à Strasbourg et je me planque pendant une huitaine, histoire de voir venir. Si tu as envie de me rejoindre là-bas, il y aura un message pour toi à mon bureau.

— Et si on m'arrête ?

— J'en serai informé, ne t'inquiète pas.

— Tu pars en bagnole ?

— Oui. Et j'espère que la situation se sera décantée quand je reviendrai.

— Tu m'apporteras des oranges ?

— Des oranges ?

— C'est ce qu'on fait quand on a des amis en prison, non ?

Il haussa les épaules.

— Salut. Je t'attends à Strasbourg. Et ne tarde pas trop.

Il s'en alla, le front soucieux.

***

Le taxi à bord duquel Coplan avait pris place stoppa devant l'immeuble avec cinq ou six minutes de retard. Nicole embarqua aussitôt.

Coplan lui lança un bonjour amical, la regarda, demanda :

— D'accord pour retourner au restaurant de la rue Daunou où nous avons dîné mardi soir ?

— Oui, ça m'est égal, acquiesça-t-elle. Je vous préviens que vous serez déçu.

— Ah bon ? Et pourquoi ça ?

— Vous m'avez dit que vous aimiez les femmes qui ont bon appétit. Ce n'est pas mon cas aujourd'hui.

— Vous n'êtes pas malade, j'espère ?

— Non, j'ai des embêtements. Mais parlons d'autre chose. Vous n'êtes pas resté longtemps en Allemagne.

— Un jour et une nuit. J'ai été rappelé d'urgence par ma boîte. Je suis comme vous, j'ai des embêtements. Mais ça ne m'empêchera pas de manger. La vie n'est qu'une succession d'embêtements, alors !... Comme disait le général de Gaulle : « *Il faut apprendre à vivre avec ses problèmes.* »

— Je croyais que vous aviez des choses très importantes à me dire ?

— Et comment ! Mais nous verrons cela plus tard.

— Oh, ne vous en faites pas, j'ai déjà compris ! Vous renoncez à l'achat du tableau de Bernard Buffet mais vous n'osez pas me le dire carrément, n'est-ce pas ?

— On ne peut rien vous cacher. A croire que vous êtes un peu sorcière sur les bords. Mais ma décision n'est pas définitive, rassurez-vous.

— Vous repasserez, railla-t-elle.

Il ne put s'empêcher d'esquisser un vague sourire un peu triste.

— Comme vous êtes amère, murmura-t-il.

Elle ne répondit pas. Détournant la tête, elle regarda d'un œil terne les boutiques et les passants qui défilaient comme dans un film totalement dénué d'intérêt. Après quelques minutes, elle posa sa main sur celle de Francis et prononça tout bas :

— Je vous demande pardon, je sais que je ne suis pas très marrante. Vous êtes trop gentil de vous occuper de moi.

Elle ajouta :

— Ne m'examinez pas comme ça, je vous en prie. Quand je ne suis pas en forme, je suis moche.

Certes, elle avait les traits légèrement tirés, les lèvres un peu pâles, mais on eût dit que le manque d'éclat de son visage ajoutait un charme encore plus romantique à sa beauté. Ses yeux bleus étaient moins durs aussi.

Il souffla :

— Je vous trouve presque plus belle encore que l'autre jour.

— Vous êtes vraiment un chic type, soupira-t-elle. Je me sens bien près de vous.

Durant toute la fin du trajet, elle laissa sa main sur celle de Coplan. Et cette attitude, venant d'une fille comme elle, en disait long sur sa détresse intérieure. Il en fut touché, et il eut pitié d'elle.

Le repas ne fut pas très gai. Elle accepta cependant de manger un peu, par politesse semblait-il, pour obéir aux encouragements obstinés de Coplan.

Au café, il annonça :

— J'ai l'intention de vous emmener chez moi.

Ne protestez pas, je n'ai aucune idée malveillante derrière la tête. Mais j'ai des choses très sérieuses à vous dire, je ne vois pas où nous pourrions être mieux. A moins que vous ne préfériez aller chez vous.

Elle le fixa d'un œil inexpressif.

— Ai-je protesté ? fit-elle calmement.

— Parfait.

Il paya la note et ils sortirent. Un taxi les conduisit à la rue Raynouard.

L'immeuble devant lequel le taxi les déposa, le numéro 172 bis, appartenait au Service. Le locataire du premier étage et du rez-de-chaussée, le général de Talloy, était non seulement un homme de paille mais un collaborateur actif du Vieux. La bâtisse, truquée comme les coulisses d'un théâtre, était équipée comme une véritable station d'observation. Bien souvent, dans le cadre d'une mission, Coplan utilisait l'appartement du deuxième étage comme s'il s'agissait de son domicile. (1)

En pénétrant dans l'appartement, Nicole promena un regard autour d'elle. Coplan émit sur un ton détaché :

— C'est moins luxueux que chez vous, mais pour ce que j'y suis !

— Mais non, c'est très bien, assura-t-elle.

Il la conduisit dans une salle de séjour assez vaste, meublée d'une façon confortable mais sobre. Les deux tableaux qui ornaient les murs étaient des paysages normands, œuvres d'un peintre dont la notoriété n'était pas négligeable.

(1) Voir, entre autres : *Coplan revient de loin* et *Les astuces de Coplan*.

Elle dit :

— Vous n'aimez pas seulement Bernard Buffet, à ce que je vois.

— C'est un héritage. Une de mes tantes avait connu Boudin à l'époque de ses débuts. Elle habitait à Honfleur et elle n'a jamais su qu'elle me léguait une petite fortune. Tenez, installez-vous là, sur ce canapé. Si vous vous sentez fatiguée, vous pouvez vous allonger.

Elle obtempéra. Il poussa un fauteuil près du canapé.

— Ma chère amie, commença-t-il en s'asseyant, j'ai des choses surprenantes à vous dire. Des choses désagréables, je le crains. J'ai des ennuis *à cause de vous...*

Elle se raidit imperceptiblement.

— Ah ? A cause de moi ?

— Figurez-vous que nous avons été vus ensemble, vous et moi, mardi passé. Je ne sais ni par qui ni comment, mais nous avons été surveillés pendant que nous dînions. C'est d'ailleurs un peu pour cela que je tenais à retourner à ce restaurant en votre compagnie, mais je n'ai rien remarqué. Bref, mon directeur m'a fait rentrer d'urgence à Paris et j'ai dû passer devant le conseil de sécurité. Un inspecteur du contre-espionnage m'a longuement interrogé. Ma société, comme je vous l'ai dit, fabrique des instruments de mesure pour l'industrie du pétrole et pour l'industrie nucléaire. Or, certains des appareils que nous produisons sont destinés aux sous-marins atomiques de la marine de guerre et les plans qui nous sont confiés sont classés comme étant des secrets d'Etat. Ma chère Nicole, la police vous soupçonne d'être une espionne et elle s'imagine que notre amitié cache des choses inavouables.

Les joues de la jeune femme s'étaient décolorées. Elle ne broncha pas cependant.

Coplan continua :

— Naturellement, j'ai réagi. J'ai dit à ce flic ce que je pensais de ses accusations stupides et je n'ai pas mâché mes mots. Je lui ai rappelé que je travaillais depuis plus de dix ans dans la société, que j'avais fait la preuve de ma loyauté, que j'étais encore capable de me conduire comme un adulte et que je savais faire la différence entre une femme honnête et une aventurière. Il m'a montré une photo de vous et il m'a répété : « *Cette femme est une espionne.* Et je vous le prouverai ». Je l'ai mis au défi de me prouver une chose pareille, vous vous en doutez. Moi, je sais que ce crétin se trompe. Et si je vous raconte cette histoire, c'est tout simplement pour vous mettre au courant de ce qui se passe.

Nicole articula d'une voix blanche :

— Comment savez-vous qu'il se trompe, ce policier ?

— Parce que je le sens. Mon instinct ne me trompe jamais. D'ailleurs, de quoi avons-nous parlé depuis que nous nous connaissons ? De peinture, non ? Je ne parle jamais de mes activités professionnelles, à personne.

— Quelles sont les intentions de ce policier ?

— Je n'en sais rien. Mais je connais *mes* intentions. Je vais m'atteler à dissiper ce malentendu. Et vous allez m'aider. Car si nous laissons aller les choses, nous serons dans un drôle de pétrin tous les deux. Les flics finiront par vous mettre en prison et moi je perdrai ma situation. Pas question de ça, bien entendu.

— Pourquoi tenez-vous tellement à me défendre ?

— Oui, je sais, mon attitude peut vous paraître blessante. Un innocent n'a pas besoin d'être protégé. Mais je connais les flics. Quand ils ont besoin d'un coupable, ils le trouvent. De plus, une femme n'est pratiquement jamais en mesure de se défendre à armes égales. Enfin, pour être sincère, si j'entends vous défendre c'est aussi et surtout pour me défendre moi-même.

— Qu'est-ce que vous comptez faire ?

— Avant tout, jouer cartes sur table. Je suis pour les situations nettes. Ce n'est pas pour rien que je suis ingénieur. J'ai demandé à l'inspecteur de la Sûreté s'il acceptait de vous rencontrer. C'est un gars bien, relativement jeune encore mais consciencieux. Je suis sûr qu'il n'a aucune animosité personnelle contre moi. Il fait son travail et il cherche la vérité. Je lui ai proposé de venir ici, à 17 heures. Si vous êtes d'accord, nous aurons avec lui un entretien qui mettra les choses au point.

Nicole ressentait une sensation bizarre. Comme dans un cauchemar, elle avait l'impression de couler lentement, inexorablement, dans les profondeurs d'un abîme insondable.

Elle s'entendit prononcer :

— C'est bien la première fois de ma vie que je me sens protégée par un homme. Vous m'excusez un moment ?

Elle se leva.

— Où sont les toilettes ? s'enquit-elle d'un air absent.

— Par là... Juste après la chambre à coucher. Vous vous sentez mal ?

— Ce n'est rien. Je reviens...

Elle se dirigea comme une somnambule vers la chambre à coucher.

Trois minutes plus tard, elle réapparut. Nue comme Eve au jardin de l'Eden. D'une beauté affolante, avec ses cheveux blonds qui accrochaient la lumière, ses seins arrogants et tendres, ses longues jambes fuselées, la blondeur du buisson qui ornait le bas de son joli ventre lisse et bombé.

— Venez, souffla-t-elle. Je vous en supplie, faites-moi l'amour. Non, ne dites rien. Venez... Je regrette toutes les choses méchantes que j'ai pu vous jeter à la tête. Prenez-moi dans vos bras. C'est moi qui vous le demande.

CHAPITRE X

Coplan se leva. Malgré tout, il était ému. Certes, il ne pouvait pas s'empêcher de penser qu'il avait vu, naguère, dans un film américain, une scène exactement comme celle-ci. Et que peut-être elle avait vu ce film, elle aussi. Et que c'était encore du cinéma. Mais il arrive que des souvenirs coïncident avec une réalité vivante. Et s'il voulait gagner la confiance de Nicole... D'ailleurs, service ou pas service, il avait furieusement envie d'elle.

Il s'avança en la regardant droit dans les yeux. Il la serra dans ses bras, lui baisa la bouche avec une ferveur virile qui n'était pas feinte.

Puis, la soulevant, il la porta sur le lit, se déshabilla.

Ils firent l'amour pendant près de deux heures.

Déchaînés, passionnés, insatiables, ils s'aimèrent comme on se bat — ou comme on se débat pour tenir tête au courant puissant d'un fleuve qui vous entraîne vers le malheur — et ils n'échangèrent pas un seul mot. Après chaque étreinte, la frénésie intérieure de leur être rallumait le désir. Mêlant leurs soupirs, attentifs uniquement à l'intense jouissance qu'ils se procuraient mutuellement et aux frissons de plaisir qui les cravachaient, ils oublièrent la réalité du monde pour ne plus percevoir que leur propre réalité.

Nicole, dans l'ivresse de ses sens et de sa chair, se comporta d'abord comme une tigresse en proie aux exigences impérieuses d'une fringale sexuelle presque effrayante. Elle était active, dominatrice, meneuse du jeu ; elle mordait, griffait, léchait, caressait, se dépensait comme si elle n'entendait pas perdre un centimètre carré de ce robuste corps d'homme qu'elle cherchait à dévorer, à vider de ses ressources vitales.

Coplan, emporté par cette fièvre contagieuse, répondait avec vigueur aux sollicitations de ce corps gonflé de jeunesse, superbe, tendre et torride, dont les trésors le comblaient. Mais, peu à peu, les choses changèrent. Francis, qui avait pressenti l'ardeur de sa partenaire, attendit le moment propice pour affirmer son autorité virile. Nicole, haletante, écrasée par le poids de son amant, débordée par les traits brûlants d'une volupté qu'elle n'avait jamais connue et qui lui incendiait les entrailles, se mit à gémir. Et alors, les paupières closes, la chair pantelante, clouée par le bonheur charnel qui la transformait en une torche, anéantie, passive comme une fausse morte, les oreilles pleines du bourdonnement de son sang qui s'était embrasé, elle cessa d'être elle-même pour ne plus être qu'une femelle qu'un mâle conduit à l'accomplissement du rite suprême et divin de l'amour.

Lorsque la tempête s'apaisa enfin, ils restèrent un long moment immobiles. Coplan ne voulait pas rompre le charme. Il se sentait bien, heureux, satisfait.

Nicole remua, ouvrit les yeux, promena ses deux mains sur les épaules de son amant. D'une voix un peu enrouée, elle murmura :

— Tu arrives trop tard, mais je ne t'oublierai jamais. Je ne savais pas qu'un homme pouvait donner tant de bonheur à une femme. Je viens de vivre des instants qu'on ne pourra plus jamais me reprendre, quoi qu'il arrive.

— Je n'ai pas tenu parole mais je ne le regrette pas.

— Francis... Quand je prononcerai ce prénom, je me souviendrai que j'ai connu la joie parfaite. Tu n'as rien à te reprocher. Je t'ai provoqué. Je voulais que ça se passe. Et j'en suis heureuse.

Elle repensa alors aux prédictions de Jean-Paul. Il ne s'était pas trompé. Elle se sentait de nouveau elle-même.

Elle prononça à mi-voix :

— Quand je serai en prison, j'aurai du courage. Grâce à toi.

Il se redressa sur un coude, la contempla.

— Tu n'iras pas en prison, décréta-t-il. J'ai dit que j'allais te défendre et je te garantis que je ne capitulerai pas.

Elle promenait le bout de ses dix doigts sur ces épaules viriles dont la douceur et la dureté l'émerveillaient.

— Je ne suis pas ce que tu crois, mon chéri, articula-t-elle, comme un peu absente. Je ne suis pas une fille perverse, ni malhonnête, mais je ne suis pas non plus un ange, contrairement à ce que tu te figures. Je ne veux pas te compromettre.

Tout à l'heure, quand cet inspecteur viendra, je lui raconterai toute la vérité. Je ne veux pas que ta carrière soit brisée à cause de moi. Je suis coupable.

Il se leva, le visage durci.

— Coupable de quoi ?

— Je vais te raconter mon histoire. Donne-moi encore cinq minutes pour reprendre mes esprits. Et ne dis rien. Attends-moi dans la pièce voisine.

Il se pencha au-dessus d'elle, la surplomba en prenant appui sur ses deux mains, la regarda droit dans les yeux.

— D'accord, émit-il, tu es une redoutable espionne. Mata-Hari, en quelque sorte. Mais je m'en fous. Quand tu te seras confessée à moi, je te dirai ce que j'en pense. Et je te dirai ce que tu dois faire. Nous sommes dans le bain tous les deux, ne l'oublie pas. J'ai mon honneur à défendre, moi. Et je suis le patron dans notre affaire. Tu n'iras pas en prison, je ne perdrai pas mon job et j'achèterai ton Bernard Buffet. C'est vu ?

— Oui, souffla-t-elle, docile.

Et une chose incroyable, imprévisible, se produisit alors. Nicole ferma les yeux et des larmes se mirent à couler sur ses joues. Puis, d'un seul coup, elle se retourna, enfouit son visage dans l'oreiller, sanglota.

— Eh bien... eh bien... Qu'est-ce qui te prend ? grommela Francis, décontenancé.

Elle secoua la tête.

— Laisse-moi... Je suis trop heureuse... Tu ne peux pas comprendre.

Elle ne mentait pas. C'était tellement nouveau, tellement merveilleux, tellement... tellement incroyable, cette sensation qu'elle éprouvait pour la première fois qu'elle était au monde : *elle se sentait protégée !* On pouvait l'arrêter, la condamner, la jeter en prison, quelle importance ?

***

Ils étaient assis sur le canapé du salon. Francis avait passé son bras autour des épaules de Nicole. Une tendresse presque palpable les enveloppait. Elle venait de raconter son histoire. Elle avait tout déballé : son enfance, ses liens avec Jean-Paul, la combine des deux appartements, les cinq ou six fonctionnaires qu'elle avait embobinés pour faire plaisir à Jean-Paul, les penchants pervers de celui-ci, etc.

Quand elle s'était tue, Francis avait prononcé d'une voix égale :

— Je te remercie de m'avoir fait confiance. Les choses étant ce qu'elles sont, je maintiens ma promesse. Je te défendrai du mieux que je peux. Naturellement, tu es libre de tes actes. Et si tu désires soulager ta conscience, tu en as parfaitement le droit. Tout ce que je te demande, c'est de ne pas prendre les devants. Laisse venir le policier. C'est très important, pour moi, de connaître les cartes qu'il a dans la main.

— Je ferai tout ce que tu voudras. Mais je ne veux pas que tu aies des ennuis à cause de moi. J'ai fait des bêtises et je dois les payer. Plus tard, quand tout ça sera passé, je repartirai du bon pied.

— Tout le monde fait des bêtises dans la vie. Et tout le monde y laisse des plumes. Ce qui compte, c'est d'en garder assez pour pouvoir reprendre son envol après un coup dur.

Un coup de sonnette tinta.

— Voilà notre flic, souffla Francis en se levant.

Il alla ouvrir, introduisit dans le salon un jeune gaillard athlétique d'une trentaine d'années, élégant, avec un visage ouvert et une aisance presque aristocratique que l'on ne voit pas souvent aux policiers.

Coplan fit les présentations :

— Mademoiselle Bonnel, l'inspecteur Fondane.

L'arrivant ne tendit pas sa main à *la suspecte.* Il la salua d'un léger hochement de la tête qui n'était pas exempt d'une certaine réticence.

En réalité, toute cette entrevue avait été mise au point de la façon la plus minutieuse par Coplan avec son adjoint habituel du S.D.E.C., André Fondane, qui jouait ici le rôle de l'inspecteur de la D.S.T.

D'entrée de jeu, Fondane tint à préciser en regardant Nicole d'un œil assez froid :

— Il est bien entendu, mademoiselle, que j'ai accepté cette rencontre à la requête de monsieur Coplan mais que je ne suis pas ici à titre privé mais dans l'exercice de mes fonctions.

Elle opina, impressionnée. Francis enchaîna :

— Donnez-vous la peine de vous asseoir, inspecteur. Nous avons beaucoup de choses à vous dire.

Fondane ne bougea pas. Regardant alternativement Coplan et Nicole, il prononça :

— Je voudrais demander à mademoiselle Bonnel, avant d'entamer notre conversation, si elle serait disposée à m'accompagner pour l'accomplissement d'une formalité qui me paraît indispensable.

C'est Coplan qui répondit :

— Oui, naturellement, mais de quoi s'agit-il ?

— Permettez-moi de ne pas vous en dire plus.

— Vous n'allez tout de même pas la conduire en prison avant de l'avoir écoutée, je suppose ? protesta Coplan.

— Non, bien entendu. Mais la formalité en question me permettra de mettre la sincérité éventuelle de mademoiselle Bonnel à l'épreuve. Nous reviendrons ici, je vous en donne ma parole. Ma voiture nous attend devant la porte.

Francis et Nicole échangèrent un regard. Les yeux bleus de la jeune femme étaient assombris par une angoisse presque désespérée. Coplan articula :

— Je vous fais confiance, inspecteur. Nous sommes à votre disposition.

Effectivement, une limousine noire, avec un chauffeur au volant, stationnait devant la maison. Le trio embarqua, Coplan et Nicole derrière ; Fondane à côté du chauffeur.

Durant tout le trajet, qui se fit dans le silence le plus total, Nicole tint la main de Francis dans la sienne. Ils passèrent près de la gare d'Austerlitz, arrivèrent peu après au quai de la Rapée, pour stopper finalement devant l'entrée d'un bâtiment sinistre : la morgue de Paris.

Avant de descendre, Fondane se retourna pour prévenir la suspecte :

— Le spectacle que vous allez voir n'est pas réjouissant, je le crains, mais je pense que ce moment pénible peut avoir des suites décisives pour vous.

Ils entrèrent à l'Institut Médico-légal et l'odeur de phénol leur sauta au visage. Sous la conduite de Fondane, ils longèrent un couloir dallé, pénétrèrent dans une vaste salle rectangulaire dont les deux parois longitudinales n'étaient qu'une succession de portes métalliques portant des numéros et des inscriptions cabalistiques tracées à la craie. Un préposé en blouse blanche s'avança au-devant des visiteurs.

— Inspecteur Fondane, de la D.S.T., s'annonça l'adjoint de Francis. Pour le 64210...

Le préposé alla chercher un chariot roulant en métal, le dirigea vers une des portes.

Nicole frissonna. Elle avait deviné où elle était. Mais elle se sentait tellement vide de corps et d'âme que son esprit ne réagissait pas. De plus, il faisait glacial dans cette salle.

L'employé ouvrit une porte, poussa son chariot, amena une des couchettes rangées dans la cellule, tira le chariot en arrière, ôta le drap blanc qui recouvrait le mort.

Fondane questionna d'une voix sans timbre :

— Connaissez-vous cet homme, mademoiselle Bonnel ?

— Oui, souffla-t-elle, à la fois médusée, terrifiée, fascinée par le spectacle de ce cadavre figé dans un sommeil qui n'avait plus rien d'humain.

— Puis-je vous demander son nom ? insista Fondane.

— Christian Mergin.

— Seriez-vous d'accord pour signer le procès-verbal d'identification ? Mergin n'avait pas de famille.

— Euh... oui, c'est bien lui.

Fondane dénuda complètement le cadavre et murmura :

— Je vous demande pardon, mais je vous prie de regarder ceci... ces petites taches rondes, grisâtres... au pli de l'aine... Nous en reparlerons tout à l'heure.

Nicole serra les dents. Elle avait l'impression qu'elle allait se sentir mal. Mais elle se contracta pour tenir le coup.

Fondane recouvrit le cadavre et remercia le préposé.

— Venez, dit-il à Nicole et à Coplan, nous allons passer au bureau.

***

Comme à l'aller, le trajet du retour se déroula dans le silence absolu. Lorsqu'ils furent de nouveau dans le salon de la rue Raynouard, Coplan, sans consulter ni Fondane ni Nicole, versa du whisky dans trois verres.

— Je crois que ça ne nous fera pas de tort, grinça-t-il en distribuant un verre à chacun de ses deux invités.

Puis, s'adressant à Fondane :

— Puis-je vous demander dans quel but vous avez organisé cette séance macabre, inspecteur ?

— Certainement. Je vais vous expliquer mes raisons. Mais cela concerne surtout mademoiselle Bonnel...

Il se tourna vers Nicole.

— Vous avez été la maîtresse de Mergin, n'est-ce pas ?

— Oui, admit-elle, le visage affreusement pâle et la voix à peine audible.

— En échange de vos bontés à son égard, il vous procurait des informations qui provenaient de son service à la Défense Nationale, c'est bien cela ?

— Oui. Enfin, c'est à mon ami Jean-Paul Wagner qu'il remettait les films, pas à moi.

Fondane leva vers Coplan un regard granitique.

— Avez-vous toujours l'intention de me démontrer l'innocence de votre amie, monsieur Coplan ?

— Non, cela va de soi, dit Francis, laconique.

Fondane se leva.

— L'affaire suivra son cours, déclara-t-il. Nous n'avons plus rien à nous dire, j'imagine ? Je voudrais pourtant signaler une chose à mademoiselle Bonnel : *Christian Mergin a été assassiné.* Ce meurtre, camouflé en suicide, a été commis par un spécialiste. Par chance, un de nos médecins avait été amené à étudier ce problème de la mort indécelable et nous n'avons pas été dupes. Malgré la lettre d'adieu rédigée et signée par Mergin.

Coplan articula sur un ton ferme :

— Une minute, inspecteur. Depuis que vous m'avez interrogé, un fait nouveau s'est produit. Mademoiselle Bonnel m'a raconté des choses que vous auriez intérêt à connaître pour la suite de votre enquête, je vous assure. Voulez-vous m'écouter ?

— Pourquoi pas ?

— Rasseyez-vous, je vous en prie. Je ne cherche pas à disculper mon amie, mais j'estime qu'elle mérite de bénéficier d'un maximum de circonstances atténuantes.

Fondane fit mine d'hésiter, puis il reprit sa place dans le fauteuil.

Coplan relata alors l'essentiel de ce qu'il avait appris de la bouche même de Nicole : ses liens d'enfance avec Jean-Paul Wagner, les étranges perversions physiques et psychologiques de celui-ci, l'engrenage dans lequel elle avait été entraînée, etc. Et surtout le rôle de Michel Bader dans l'affaire.

Fondane, la tête baissée, l'œil rêveur, écouta jusqu'au bout le récit de Coplan. Quand Francis se tut, le faux inspecteur regarda Nicole et questionna :

— Où se trouve-t-il actuellement, votre ami Wagner ?

— Je crois qu'il a pris la route à destination de Strasbourg. Il m'a dit qu'il avait décidé de se cacher en attendant que la situation se décante.

— Il va se jeter dans la gueule du loup, dit Fondane. Ses complices vont l'assassiner comme ils ont assassiné Mergin. Dans un réseau d'espionnage dirigé par des professionnels, c'est la règle du jeu. Et cette règle est implacable : *un agent qui attire l'attention du contre-espionnage doit mourir.* Vous aussi, mademoiselle Bonnel, vous êtes en danger de mort.

CHAPITRE XI

La pauvre Nicole faisait pitié à voir. Coincée entre ces deux hommes qui discutaient froidement de son emprisonnement ou de son assassinat, elle sentait fondre ses bonnes résolutions de faire face à son destin.

Coplan dit à Fondane :

— Si vous estimez que mademoiselle Bonnel est en danger de mort, il est de votre devoir de la protéger. Coupable ou non.

— Bien évidemment, admit le faux inspecteur de la D.S.T. En définitive, j'ai le choix : emprisonner mademoiselle Bonnel parce que sa culpabilité est établie, ou l'emprisonner pour la mettre à l'abri des tueurs de son réseau.

— C'est insensé ! s'exclama Francis en feignant l'indignation. Vous parlez de mademoiselle Bonnel comme si elle avait joué un rôle prépondérant dans cette histoire. Si j'étais à votre place, il me semble que je m'intéresserais surtout aux *vrais* coupables. Les Bader et autres, ceux qui dirigent ce réseau, comme vous dites, et qui en tirent profit.

— N'ayez crainte, nous nous occupons d'eux

aussi, assura Fondane sur un ton presque condescendant.

Coplan reprit :

— Cet individu qui a assassiné Christian Mergin en lui injectant une substance mortelle, est-ce que vous le connaissez ?

— Non, pas encore.

— Dois-je comprendre que vous ne désirez pas vraiment le connaître ?

— Bien au contraire.

— Eh bien, alors, pourquoi ne profitez-vous pas de l'occasion qui se présente ? Je ne me targue pas d'une compétence que je ne possède pas et je n'ai pas la présomption de vous donner des leçons, à chacun son métier. Mais vous avez une occasion unique d'organiser une souricière pour prendre ce criminel en flagrant délit.

— Ah oui ?

— Si vous laissez mademoiselle Bonnel en liberté, si elle rentre chez elle le plus naturellement du monde, le tueur qui a exécuté Mergin sortira fatalement de l'ombre. C'est vous-même qui venez de l'insinuer il y a un instant. Dès lors, il vous suffira d'intervenir à point nommé pour capturer cet assassin. Mon raisonnement est peut-être simpliste mais il me paraît conforme au bon sens le plus élémentaire.

Fondane esquissa un sourire teinté d'âcreté.

— Si mademoiselle Bonnel accepte de jouer ce rôle d'appât, moi je veux bien. Je lui en serai même reconnaissant. Mais c'est à ses risques et périls, bien entendu.

Nicole leva un regard interrogateur vers

Coplan. Il lui posa la main sur l'épaule et prononça :

— Accepte sans crainte. Je serai près de toi. C'est la meilleure façon de démontrer à l'inspecteur que tu ne te sens pas solidaire de cette bande d'espions dont tu as surtout été une victime.

— Oui, d'accord, acquiesça Nicole, visiblement dépassée par les événements.

***

Vers 19 h 45, Nicole rentra chez elle, en taxi. Seule. Une demi-heure plus tard, l'inspecteur Gozart — qui n'avait plus à s'occuper désormais de Christian Mergin — était en faction devant l'immeuble de l'avenue Bugeaud. Toujours égal à lui-même, c'est-à-dire très décontracté, il fit mine de surveiller le domicile du tandem Wagner-Bonnel tout en fumant des cigarettes.

Vers 20 h 30, une grande femme blonde, assez hommasse, pénétra dans le building et s'enferma dans l'ascenseur. Elle débarqua au deuxième étage, poussa la porte de l'appartement situé à droite, porte qui avait été laissée entrouverte.

Nicole, les traits creusés par l'anxiété, referma aussitôt l'huis. Coplan se débarrassa promptement de sa perruque, enleva les vêtements féminins qu'il avait utilisés pour se travestir. Un doigt sur la bouche, il entraîna Nicole vers le salon où ils s'étaient tenus lors de sa première visite. Là, il lui baisa les lèvres, tendrement, longuement.

Ils se rendirent ensuite à la cuisine où Nicole, sans chercher à amortir les bruits normaux de la préparation d'un repas, confectionna une plantureuse omelette au lard.

Ils mangèrent dans la cuisine, en silence. Après quoi, Nicole entreprit de faire la vaisselle.

Un peu après 21 heures, l'inspecteur Gozart mit fin à sa surveillance et s'en alla d'un pas tranquille vers la place Victor-Hugo.

C'est à 21 h 17 exactement qu'un coup de sonnette bref déchira le silence de l'appartement. Nicole et Francis échangèrent un regard. La jeune femme était pâle comme une morte. Coplan fila vers la chambre à coucher, fit signe à Nicole qu'elle pouvait aller ouvrir.

L'individu qui se tenait sur le palier était grand et maigre, avec des cheveux qui paraissaient presque roux et des yeux étranges, dépourvus de couleur eût-on dit. Agé d'une quarantaine d'années, il portait un veston couleur chamois et un pantalon gris.

— Mademoiselle Bonnel ? s'enquit-il d'une voix feutrée.

— Oui, c'est moi.

— Je suis un ami de Michel Bader et je viens de sa part.

— Ah oui, mais de quoi s'agit-il ?

— Pouvez-vous m'accorder un petit moment, je vous expliquerai. Ce ne sera pas bien long, n'ayez pas peur.

— Je suis seule.

— Vous n'avez rien à craindre.

— Bon, entrez.

Elle s'effaça pour laisser passer le visiteur, referma la porte.

— Allons au salon, proposa-t-elle, frémissante. C'est par ici... Asseyez-vous, je vous en prie.

— Merci.

— Je vous écoute.

— Je m'appelle Simon Pertel et notre ami Bader m'a fait savoir que vous aviez des ennuis. A propos, savez-vous que votre immeuble est surveillé par la police ?

— Ah ?

— Je m'en suis rendu compte ce soir.

— C'était à prévoir, soupira Nicole. Il paraît que la police me suspecte. Franchement, je n'y comprends rien. Mon ami Christian Mergin affirme que les inspecteurs de la D.S.T. me soupçonnent d'un tas de choses et qu'ils mènent une enquête à mon sujet. Ils ont même une photo de moi.

— Je suis au courant de cela. Et c'est très exactement pour cette raison que je me suis permis de vous déranger à cette heure-ci. Je suis venu dans le but de vous aider, mademoiselle Bonnel.

— M'aider ? Vous ? Mais qu'entendez-vous par là ?

— Je suis mandaté par l'organisation à laquelle vous-même et votre ami Jean-Paul Wagner fournissez des informations. Vous voyez ce que je veux dire, je suppose ?

— Je ne vois pas très bien de quelle manière vous pourriez m'aider. Si la police m'arrête, j'irai en prison et je passerai en jugement. Personne ne changera rien à cela, c'est terrible.

— Vous vous trompez, mademoiselle Bonnel. Je suis parfaitement en mesure de vous tirer d'embarras. Et je me permets de vous signaler, en passant, que notre organisation ne laisse jamais tomber un de ses collaborateurs en péril. Ce n'est pas notre intérêt.

— Je ne vois pas ce que vous pourriez faire pour moi, ricana Nicole, amère. Et d'ailleurs, que suis-je pour vous, pour votre organisation, comme vous dites ? A part Jean-Paul, Michel et Christian, je ne sais rien de vous tous. Cela me surprendrait fort d'apprendre que vous vous souciez de mon sort.

— Une fois de plus, vous vous trompez, mademoiselle Bonnel. Si le contre-espionnage français met la main sur un de nos correspondants, toute notre organisation se trouve menacée, automatiquement. C'est une telle menace qui explique ma présence ici.

— Admettons, fit-elle. Mais que pouvez-vous faire pour moi ? Si la D.S.T. me trouve suspecte, elle ne me lâchera pas, quoi que vous fassiez.

— Cela dépend de vous, dit le visiteur.

— De moi ?

— Oui, de vous. Car, en dernier ressort, c'est à vous de prendre une décision. Ou bien vous acceptez d'aller moisir pendant quelques années dans une cellule de prison, ou bien vous vous soustrayez à l'action de la police, c'est aussi simple que cela.

— Comment pourrais-je me soustraire à l'action de la police ?

— En prenant la fuite, articula Simon Pertel. Si vous êtes d'accord et si vous me faites confiance, tout se passera très bien, je vous le garantis. Nous sommes organisés pour fournir un abri tout à fait sûr à ceux de nos amis dont la liberté est en péril. Nous vous procurerons quelques mois de repos et de tranquillité dans un endroit agréable. Ensuite, une fois l'alerte passée, vous recommencerez une autre vie. Vous n'êtes pas la première personne que nous dépannons de la sorte, croyez-le bien.

— Et mes amis Jean-Paul et Christian ?

— Nous ferons la même chose pour eux, cela va sans dire.

— Que dois-je faire alors ? En principe, c'est mon ami Jean-Paul qui me dicte ma conduite, mais il est parti pour Strasbourg.

— Ne vous tracassez pas à son sujet. Il a compris, lui. Je vous donne l'assurance qu'il est d'ores et déjà en sécurité. C'est *votre* cas qu'il est urgent de résoudre.

— Eh bien... dites-moi ce que je dois faire.

— Ce n'est pas compliqué. Vous allez rédiger une lettre que je vais vous dicter. Cette lettre, vous la poserez bien en vue, sur un meuble de votre chambre à coucher par exemple. Ensuite, je vous emmène, vous et vos bagages. Ma voiture est garée tout près d'ici. Demain, en fin de matinée, vous serez en sécurité. Libre et hors d'atteinte.

— C'est presque trop beau pour être vrai, soupira-t-elle.

— Vous vivez dans la peur, n'est-ce pas ?

— Oui, je le reconnais.

— Je le vois à votre visage, à vos yeux. Il faut en finir, croyez-moi.

— Que dois-je mettre dans cette lettre ?

— En gros, il s'agit d'une sorte de confession truquée. Vous reconnaissez que vous avez fait des bêtises, que vous êtes rongée par le remords et que vous avez choisi de disparaître. La police vous recherchera en vain, bien entendu. Et elle finira par classer l'affaire en pensant que vous vous êtes suicidée. Il y a tant de suicidés dont on ne retrouve jamais la moindre trace.

— Est-ce que Jean-Paul pourra me rejoindre, là où vous me conduirez ?

— Evidemment. Peut-être même qu'il vous y attend déjà.

Le front penché, Nicole réfléchissait. Le cynisme incroyable de cet individu lui donnait la chair de poule.

Pertel, pour vaincre les dernières hésitations de sa future victime, émit de sa voix trop douce :

— Que pouvez-vous espérer ici ? Vous savez, la prison n'est pas une chose agréable. En vérité, c'est une expérience dégradante dont on ne se remet jamais. Allons, prenez une feuille de papier à lettre et un stylo. Je vais vous dicter les termes du message qui mettra fin à vos tourments.

Nicole obéit.

Assise dans un fauteuil, le bloc de papier sur les genoux, elle se mit à écrire. Simon Pertel, qui s'était levé, lui dictait le texte de sa lettre d'adieu tout en déambulant autour de la jeune femme.

Elle dut s'arrêter d'écrire tant sa main tremblait. Rien qu'à l'idée que ce sinistre individu pouvait lui porter un coup fatal d'un instant à l'autre, elle était épouvantée. Elle voyait devant ses yeux la face livide et pétrifiée de Christian Mergin.

Pertel arrêta son va-et-vient, regarda Nicole.

— Pourquoi n'écrivez-vous plus ? Vous ne

vous sentez pas bien ? Vous êtes d'une pâleur effrayante.

— Je... je... tremble trop. J'ai les nerfs à bout, je m'excuse. Depuis trois jours, je m'attends à être arrêtée à chaque instant. Vous ne pouvez pas savoir ce que c'est.

— Allons, allons, la morigéna-t-il sur un ton presque paternel. Reprenez-vous. Je sais très bien ce que c'est. Nous le savons tous, dans notre métier. Faites un petit effort et terminons votre lettre. Dans une demi-heure, votre cauchemar sera fini.

Il se pencha au-dessus d'elle, parcourut ce qu'elle avait déjà écrit.

— C'est parfait, émit-il d'un air satisfait. Encore trois phrases et votre épreuve sera terminée.

A cet instant précis, une voix sèche prononça :

— Ne bougez pas, Pertel. Si vous faites un seul mouvement, vous êtes un homme mort.

Coplan se tenait à l'entrée du salon, un gros automatique dans la main. Le masque dur, il ordonna :

— Reculez. Le dos au mur.

Pertel, le visage figé, regardait Coplan d'un œil totalement inexpressif. Il remarqua que l'arme brandie sur lui était munie d'un silencieux.

Il recula lentement et quand ses épaules touchèrent le mur, il demanda :

— Qui êtes-vous ? Que me voulez-vous ?

— Retournez-vous, face au mur.

Avec un sang-froid sidérant, le tueur articula sur un ton méprisant :

— Vous êtes en train de commettre une erreur

très grave, cher monsieur. Je suis un ami de mademoiselle Bonnel.

— J'ai dit : face au mur, martela Francis.

Pertel s'exécuta. Coplan fonça vers lui en trois foulées souples et rapides. Mais le type avait des réflexes. Il s'écarta d'un pas, exécuta une volte et, vif comme un chat sauvage, il expédia un coup de pied terrible vers le bas-ventre de Francis. S'il avait atteint sa cible, Coplan aurait sûrement pu dire adieu à sa carrière de séducteur. Les testicules broyés, ça ne pardonne pas. Mais, par bonheur, ce n'est pas ce qui se produisit. Du tranchant de la main gauche, Francis frappa de bas en haut la cheville de son agresseur, accélérant du même coup la trajectoire de la jambe du tueur qui fila en l'air. Déséquilibré, Perquel tomba à la renverse, heurtant le mur avec violence. Un effroyable coup de crosse atterrit sur son crâne et, dans la fraction de seconde qui suivit, il fut gratifié d'un coup de talon à la mâchoire qui fit claquer ses dents et l'envoya au tapis, complètement sonné.

Nicole, la bouche ouverte et les yeux écarquillés, avait assisté sans bouger à cette scène ultra-rapide. Coplan lui commanda sèchement :

— Apporte-moi de quoi le ficeler. Une ceinture, une cordelière ou n'importe quoi. Allez, secoue-toi. Ces types-là récupèrent vite.

La jeune femme, abandonnant son papier à lettre et son stylo, se leva d'un bond, heurta les fauteuils, courut vers la cuisine, éperdue. Elle revint deux minutes plus tard avec une boule de corde à linge en nylon.

Par mesure de sécurité, Coplan asséna un coup

de crosse supplémentaire sur l'occiput de Simon Pertel. Puis, fourrant son arme dans la poche intérieure de sa veste, il entreprit de ligoter avec un soin extrême le tueur évanoui.

Se redressant, Coplan s'enquit :

— Le téléphone ?

— Là.

Coplan composa de mémoire un numéro. Une voix impersonnelle répondit à l'autre bout du fil :

— J'écoute.

— Francis Coplan à l'appareil. Pouvez-vous me mettre en communication avec l'inspecteur Fondane ?

— Je vous le passe.

Il y eut deux ou trois déclics, puis la voix de Fondane.

— Monsieur Coplan ?

— La marchandise vous attend, monsieur l'inspecteur.

— Quoi ? Déjà ?

— Comme je le pressentais, nous avons affaire à des gens pressés. Vous est-il possible de venir prendre livraison du colis ?

— Nous serons là dans vingt minutes.

***

Effectivement, Fondane arriva une vingtaine de minutes plus tard en compagnie d'un autre inspecteur, l'inspecteur Legay — ami de jeunesse de Francis et agent du S.D.E.C. lui aussi — que Fondane présenta laconiquement.

Les deux faux policiers contemplèrent l'homme

inanimé et ficelé qui gisait sur la moquette, le visage décoloré, les yeux clos. Coplan précisa :

— Il prétend s'appeler Simon Pertel et il avait pour mission d'emmener mademoiselle Bonnel après lui avoir fait écrire une lettre d'adieu. Vous connaissez la formule, n'est-ce pas ? Je pense que vous trouverez dans ses poches le matériel spécial qu'il utilise dans l'exercice de ses fonctions.

Fondane opina.

— Nous allons nous occuper de lui, monsieur Coplan. Deux de nos collègues vont s'amener avec une fourgonnette pour évacuer le plus discrètement possible le colis, comme vous avez dit au téléphone. Je vous félicite. Mais je vous serais reconnaissant de disparaître maintenant. Avec mademoiselle Bonnel, naturellement.

Coplan feignit l'étonnement.

— Disparaître ? Et pourquoi cela ?

— Je connais mon métier, monsieur Coplan. Ces tueurs se déplacent généralement par deux. Pendant que l'un exécute la mission, l'autre se tient tranquille dans une chambre d'hôtel en attendant les nouvelles, prêt à prendre le relais en cas de pépin. Nous allons continuer la souricière, mais vous ne pouvez pas rester dans cet appartement.

— Soit. J'emmène mademoiselle Bonnel chez moi. Mais je voudrais cependant vous poser une question. Lorsque nous sommes revenus de l'Institut Médico-légal, vous avez dit à mademoiselle Bonnel, à propos de son ami Jean-Paul Wagner, qu'en allant à Strasbourg il allait se jeter dans la gueule du loup. Qu'entendiez-vous par là ?

— Que ses complices vont le supprimer, décréta Fondane, catégorique.

— Mais vous ne pouvez pas tolérer une chose pareille, rétorqua Francis en mettant ses poings sur ses hanches. Nous avons besoin de Wagner. C'est notre témoin numéro UN, vous le savez bien ! Si cet homme disparaît, jamais nous ne pourrons démontrer que mademoiselle Bonnel n'a joué qu'un rôle insignifiant dans cette histoire.

— Que voulez-vous que j'y fasse ? jeta Fondane, rogue.

— Il faut retrouver Wagner avant que ses complices aient pu l'exécuter, ça tombe sous le sens, affirma Francis.

Jean Legay intervint de sa propre autorité. Il demanda à Coplan :

— Etes-vous en mesure de le retrouver ?

— Moi, non. Mais mademoiselle Bonnel peut-être ? Comme elle a passé toute son enfance à Strasbourg avec lui, je présume qu'elle connaît ses habitudes, ses relations ?

Tous les regards convergèrent vers Nicole.

— Oui, souffla-t-elle, les yeux baissés, je crois que je peux le retrouver. Il a promis de me laisser un message à son bureau, un message personnel.

Coplan décida aussitôt :

— Il n'y a pas une minute à perdre, dans ce cas. Jean-Paul Wagner est la pierre angulaire de notre défense, nous devons le rattraper coûte que coûte. Et le seul moyen, c'est de filer à Strasbourg ce soir-même.

Fondane leva la main droite.

— Un instant, vous permettez ? fit-il sèchement. Si je vous comprends bien, monsieur

Coplan, vous avez l'intention de partir immédiatement à Strasbourg avec mademoiselle Bonnel ?

— Oui, cela me paraît indispensable.

— Comment comptez-vous faire ce voyage ?

— Dans ma voiture, naturellement.

— C'est très joli, mais vous avez l'air d'oublier que mademoiselle Bonnel est ma principale suspecte jusqu'à preuve du contraire et qu'elle doit demeurer sous le contrôle de la police. Si elle vous fausse compagnie à Strasbourg, nous aurons bonne mine, vous et moi.

Nicole protesta, indignée :

— Mais pourquoi ferais-je une chose pareille ?

Fondane ricana :

— Sait-on jamais ? Les femmes changent facilement d'avis. Et vous ne seriez pas la première à jouer un mauvais tour à la police.

Coplan proféra, énervé :

— Je réponds de mademoiselle Bonnel, inspecteur. Après ce qui vient de se passer ce soir, vous ne pensez tout de même pas qu'elle a envie de rejoindre cette bande de tueurs ? Elle n'est pas stupide à ce point, voyons !

— Justement, rétorqua Fondane, obstiné, je me demande si mademoiselle Bonnel a bien compris de quel côté se trouve son intérêt ?

Il s'adressa à Nicole sur un ton assez dur :

— Retenez bien ceci, mademoiselle Bonnel, si vous essayez d'échapper à notre protection, je ne vous donne plus huit jours à vivre. Le navire sur lequel vous êtes embarquée est en train de couler, les rats ont hâte de se sauver. Mergin, Wagner, vous-même et quelques autres comparses sont devenus des témoins gênants. Vous voyez ce que je veux dire ?

Nicole articula :

— Si vous doutez de moi, mettez-moi en prison tout de suite. C'est peut-être la meilleure solution, après tout.

De nouveau, Jean Legay intervint :

— Il y a un moyen bien simple de concilier les points de vue.

Il se tourna vers Fondane.

— Si vous êtes d'accord, inspecteur, j'accompagnerai monsieur Coplan et mademoiselle Bonnel à Strasbourg. Et dès notre arrivée là-bas, nous nous présenterons au bureau de votre homologue alsacien. Prévenez-le par téléphone. Et demandez-lui par la même occasion de nous réserver trois chambres dans un hôtel de la ville. De cette manière, vous aurez tous vos apaisements et nous n'aurons pas perdu un temps précieux.

— Excellente idée, acquiesça Fondane.

CHAPITRE XII

Finalement, c'est à bord de la Peugeot 604 de Jean Legay qu'ils se mirent en route. Legay, qui était au volant, nota que la montre du tableau de bord indiquait minuit 35 lorsqu'il quitta le périphérique pour se lancer sur l'autoroute de l'Est.

Assis à l'arrière, Coplan et Nicole ne disaient rien. Nicole, la tête sur l'épaule de Francis, paraissait assommée de fatigue. Le relâchement brutal de sa tension nerveuse, après les émotions de cette journée terrible, la plongeait dans un état vaguement comateux.

Coplan lui conseilla :

— Ferme les yeux, essaie de dormir.

— Je voudrais bien, mais je ne peux pas. Je n'arrête pas de penser. Je revois tout le temps la figure de Mergin et celle de ce sinistre individu qui se préparait à me tuer. Sans toi, je serais morte à l'heure qu'il est. Je serais à la morgue, couchée comme Mergin. C'est horrible.

— N'y pense plus.

— Si nous arrivons trop tard pour empêcher l'assassinat de Jean-Paul, qu'est-ce que nous allons faire ?

— Je ne sais pas. Tout ce que je sais, c'est que ce serait une sacrée tuile pour nous.

Jean Legay, sans se distraire de sa conduite, articula :

— Si vous n'avez pas le témoignage de Wagner pour confirmer votre rôle bénin dans cette histoire, vous serez dans un drôle de pétrin, mademoiselle Bonnel. Les juges du tribunal auront la main lourde, je le crains. Une jolie femme qui met ses charmes au service d'un réseau d'espionnage, ça va les exciter. Ils voudront faire un exemple. Et, de plus, si votre ami n'est pas avec vous dans le box des accusés, vous serez seule à porter tout le poids de l'affaire.

Coplan fit remarquer à Legay :

— De toute façon, elle ne sera pas seule. Il y aura le type que vous avez arrêté ce soir. Et moi, probablement. Je n'y suis pour rien, mais je connais la justice.

Legay confirma :

— Vous devrez sûrement expliquer vos relations avec mademoiselle Bonnel.

— Et le tueur ? Qu'est-ce que vous allez en faire ?

— L'interroger, bien entendu.

— Ces gens-là ne parlent jamais, c'est bien connu.

— Ne vous en faites pas, nous avons nos méthodes. Neuf fois sur dix, même les muets finissent par se mettre à table. Mais je doute que ses aveux éventuels puissent améliorer le cas de mademoiselle Bonnel.

— Il y a encore un autre problème, reprit Coplan, songeur. En supposant que les tueurs de l'organisation n'aient pas eu le temps d'agir avant notre arrivée, il faudra réussir à convaincre Wagner.

Nicole prononça :

— Je crois que j'y arriverai. Si je peux rester seule avec lui pendant un moment, je saurai le persuader. En fin de compte, il finit presque toujours par faire ce que je veux.

Le silence retomba.

***

Le commissaire Losser avait dû se lever très tôt ce matin-là. Il était déjà à son poste quand un planton introduisit Legay, Coplan et Nicole dans son bureau de la D.S.T. Il regarda sa montre. Elle marquait 6 h 50.

Il serra la main de Legay en disant :

— Vous avez bien roulé, ma foi.

— Il n'y avait personne sur l'autoroute, émit Legay.

— C'est la période creuse, en effet, opina le policier.

Il désigna des chaises à ses visiteurs.

— Asseyez-vous. Nous avons deux ou trois choses à mettre au point, mais je ne serai pas long, n'ayez crainte. Vous devez avoir sommeil, j'imagine ?

Sa taille athlétique et son visage placide avaient quelque chose de rassurant.

— J'ai longuement parlé avec l'inspecteur Fondane, hier soir, commença-t-il. Au risque de vous décevoir, je vous préviens que votre tâche ne sera sans doute pas facile. Mes hommes ont perdu la trace de Jean-Paul Wagner en fin de journée, hier. Il les a semés vers 21 heures, à l'occasion d'une visite à ses entrepôts de la rue Migneret. Il avait drôlement bien préparé son coup. Il a dû filer à pied, par une porte dérobée. Bref, une opération préméditée.

Il regarda Nicole.

— Vous croyez que vous pourrez le retrouver ?

— S'il a tenu parole, oui. Il a promis de me laisser un message à son bureau.

— Le tout est de savoir s'il a tenu cette promesse, émit Losser. A quelle heure irez-vous chercher ce message ?

— A l'heure que vous m'indiquerez. En général, quand je passe à son bureau, c'est vers le milieu de l'après-midi. Mademoiselle Bracht, la comptable, me connaît depuis longtemps. Elle sait que je ne suis pas très matinale et elle serait étonnée si j'allais de bonne heure.

— Ne changez surtout rien à vos habitudes, grommela le commissaire. Il faut que tout se passe le plus naturellement du monde. Disons vers 16 heures ?

— Très bien. J'irai vers 16 heures.

— Je vous préviens que vous serez surveillée par mes agents.

— Pourquoi ?

— Oh, ce n'est pas de la méfiance, rassurez-vous ! Mais pour vous protéger. Mon collègue Fondane a tellement insisté sur ce point. S'il vous arrivait malheur, je crois qu'il ne me le pardonnerait pas. Par ailleurs, je vous signale que vos amis me semblent exceptionnellement actifs depuis 48 heures. Bader, notamment, est très sollicité.

Pour la seule journée d'hier, il a rencontré deux fois Wagner, deux fois Walter Bosch et le soir, à son domicile, un certain Galinas, un Polonais de la commission permanente. Qui sont ces gens, Walter Bosch et Jan Galinas ?

Nicole était ébahie.

— Je ne sais pas, dit-elle. Jean-Paul ne m'a jamais cité ces noms-là. Je suis sûre qu'il ne les connaît pas, car il m'a toujours parlé des gens qu'il rencontrait.

— Passons, marmonna Losser. Nous verrons tout cela plus tard. Dans l'immédiat, vous avez surtout besoin de repos. Trois chambres ont été réservées au Sofitel.

Il s'adressa à Legay.

— C'est à la place Saint-Pierre-le-Jeune. Vous connaissez ?

— Oui, je connais dit Legay.

— Si vous le voulez bien, nous nous reverrons ici même, à 17 heures. A ce moment-là, mademoiselle Bonnel sera fixée au sujet de son message.

— Entendu, acquiesça Legay en se levant.

Au Sofitel, tout se déroula comme sur des roulettes. Les trois voyageurs s'installèrent dans leurs chambres respectives. Mais Nicole ne put se résoudre à quitter Coplan.

— J'ai peur, avoua-t-elle à mi-voix. Je sais que je ne pourrai pas fermer l'œil. Laisse-moi dormir dans ta chambre.

— Aucun problème, répondit-il. Il y a deux lits.

Ils s'enfermèrent dans la chambre de Coplan, se déshabillèrent, se couchèrent. A peine la lumière éteinte, Nicole se glissa dans le lit de Francis.

— Prends-moi dans tes bras, supplia-t-elle. J'ai un tel cafard !... J'ai besoin de te sentir près de moi.

A deux dans un lit d'une personne, ce n'était pas le confort. En outre, en dépit de sa fatigue, Nicole avait besoin de tendresse. Et le sortilège opéra presque malgré eux, comme si les gestes inévitables naissaient d'une impulsion venue du plus profond d'eux-mêmes. Il lui caressa les seins, le ventre, les cuisses, tout en lui baisant les lèvres avec tendresse. Et quand il la pénétra enfin, il eut la sensation d'être comme une pluie bienfaisante qui répond à l'attente, à l'offrande d'une terre assoiffée.

Ensuite, Nicole sombra dans le gouffre d'un sommeil pesant.

Coplan, lui, dormit peu et mal. Dans ses bras, la jeune femme ne cessa de s'agiter. Avait-elle des cauchemars ? C'était plus que probable. Des soubresauts la secouaient, des gémissements sourds s'échappaient de ses lèvres.

Quand elle s'éveilla, il était plus de midi. Elle ouvrit les yeux, rencontra le regard de Francis qui guettait son retour à la conscience, lui dédia un pauvre sourire d'enfant malheureuse.

— C'est bon d'être près de toi, soupira-t-elle. Si je t'avais rencontré plus tôt...

Elle n'acheva pas sa phrase. Se serrant plus étroitement contre ce grand corps solide et viril qui était comme un rempart contre les dangers du monde, elle parut oublier ses tourments. Sa jeunesse, alors, reprit le dessus. Les sens alertés par une soif de volupté incoercible, elle mendia l'étreinte et, bientôt comblée, s'abandonna au bonheur sensuel qui la submergeait.

Ils connurent une ivresse charnelle presque désespérée.

Chaque fois qu'ils étaient frappés par la foudre de la jouissance, roulés dans le déferlement du paroxysme charnel, Nicole restait soudée à son amant et, haletante, pâmée, les yeux fermés, les narines frémissantes, les lèvres gonflées, elle savourait jusqu'au plus intime d'elle-même cette joie qui n'a pas de nom, qui n'est plus seulement physique et dont l'essence ne peut être que divine.

***

Finalement, c'est Coplan qui se leva le premier. Il alluma une Gitane, contempla la nudité de Nicole étalée sur le lit comme une fleur que le soleil, par la fenêtre, diaprait.

— Nous allons vivre une journée décisive, murmura-t-il, grave.

Elle demanda :

— Est-ce que tu m'attendras si je suis enfermée pendant deux ou trois ans ?

— Je t'attendrai le temps qu'il faudra. Mais nous n'en sommes pas encore là. Tout va dépendre de ton entrevue avec Jean-Paul Wagner.

— Fais-moi confiance. Je te répète que j'ai toujours obtenu de lui tout ce que je voulais. Il ne m'a tenu tête qu'une seule fois : quand je l'ai supplié de ne pas marcher dans les combines de son ami Michel.

— C'est une faiblesse que tu risques de payer

cher. Est-ce que Jean-Paul Wagner est amoureux de toi ?

Le côté très direct de la question ébranla Nicole.

Elle hésita. Puis, à mi-voix :

— Oui, je suis sûre qu'il m'aime.

— Pourquoi ne t'a-t-il pas épousée ?

— Nous n'avons jamais envisagé de nous marier. D'ailleurs, il ne me l'a jamais proposé.

— S'il l'avait fait, aurais-tu accepté ?

— Non.

Cette réponse nette et catégorique étonna Francis.

— Pourquoi ? s'enquit-il.

— Je ne sais pas pourquoi, mais je sais que j'aurais refusé. Jean-Paul n'est pas un homme. Je veux dire, pas un vrai homme. Pas comme toi. C'est un enfant. Capricieux et gâté, méchant aussi.

— Je voudrais être près de toi quand tu le rencontreras. Mais je présume que ma présence le mettrait en rogne, non ?

— Eh bien... ça dépend.

— Est-ce qu'il est jaloux ?

— Il devinera tout de suite que je me suis donnée à toi, c'est certain. Il sent ces choses-là. Par contre, comme je te l'ai raconté, c'est quand j'ai été dans les bras d'un autre homme qu'il me désire le plus. Il n'est pas normal sur ce plan-là.

— Curieux zèbre, grommela Francis en allant éteindre sa cigarette dans un cendrier de porcelaine posé sur la table. Est-ce qu'il recevait de l'argent de Bader pour les renseignements qu'il lui procurait ?

— Non, je ne crois pas. Ce n'est pas par intérêt qu'il faisait ça. Il est riche, en réalité. Son père lui a laissé une fortune assez impressionnante. C'est par idéal.

— Par idéal ? s'exclama Coplan, incrédule.

— Il a des idées de gauche.

— Il est riche mais il a des idées de gauche ?

— C'est un enfant, je viens de te l'expliquer. Son père était un anticommuniste enragé, alors il a pris le contrepied des opinions paternelles.

— Et toi, quels sont tes sentiments à son égard ?

— Je ne me suis jamais posé la question. J'ai fini par le considérer comme le frère que j'aurais voulu avoir. Quand nous étions gosses, il était toujours fourré chez nous. Ma mère aurait bien voulu que je devienne sa femme.

— Et ton père ?

— Il est mort quand j'avais six ans. Pour autant que je m'en souvienne, c'était un homme dur et sévère. Comme Jean-Paul, en fait. Jamais un mot de tendresse.

— La psychanalyse explique très bien un cas comme le tien. Mais ta mère, où est-elle ?

— Elle s'est remariée, il y a trois ans. Elle vit avec son nouveau mari à Abidjan. On ne s'écrit presque jamais. Elle espère toujours que je vais épouser Jean-Paul. Elle sait que c'est lui qui m'a déflorée le jour de mon seizième anniversaire, et je crois qu'elle a poussé discrètement à la chose. C'est d'ailleurs un miracle qu'il ne m'ait pas mise enceinte. C'est bête, quand j'y pense, je n'ai même rien ressenti.

— Tu as été malheureuse ?

— Non. J'étais un peu déçue, mais ma curiosité était satisfaite. Après, il m'a procuré la pilule. Quel gâchis ! Il a fallu que je tombe sur toi pour savoir ce que c'est que l'amour. Et maintenant que je connais le bonheur, je vais aller moisir en prison.

Elle se mit à pleurer.

Coplan la morigéna :

— Ne jette pas le manche après la cognée. Nous allons nous battre. Allez, lève-toi, prends un bain et fais-toi belle. Je vais demander qu'on nous serve le déjeuner dans la chambre.

C'est à 15 h 25 que Nicole quitta l'hôtel pour se rendre au bureau de Jean-Paul Wagner. Ce n'était pas loin : six ou sept minutes à pied. Mais à peine avait-elle fait vingt pas dans la rue qu'elle se trouva en présence du commissaire Losser.

— Je vous guettais, dit l'athlétique policier. Nous faisons demi-tour et nous retournons à l'hôtel. Il y a un changement de programme.

— Ah ? Pourquoi ?

— Parce qu'il y a du nouveau. On vient de me prévenir par téléphone dans ma voiture. Venez.

CHAPITRE XIII

Coplan et Legay, qui avaient été alertés entre-temps par téléphone, bavardaient dans le hall de l'hôtel.

Le commissaire Losser grommela :

— Nous filons dare-dare au palais du Conseil de l'Europe. Mes hommes viennent de m'appeler par téléphone. Il s'est passé quelque chose de très sérieux là-bas. Je suppose que vous connaissez la route, Legay ?

— Oui, plus ou moins.

— Suivez ma voiture, ce sera plus sûr. J'emmène mademoiselle Bonnel et monsieur Coplan.

Quelques instants plus tard, la Citroën du commisaire et la Peugeot 604 de Legay fonçaient vers l'avenue de l'Europe. Ils y arrivèrent en moins de dix minutes. Losser stoppa le long de l'espace gazonné qui forme une sorte d'esplanade devant la bâtisse moderne, blanche et beige, dont l'architecture futuriste évoque tout à la fois le socle d'un building de Chicago et les superstructures d'un grand paquebot. Le drapeau bleu aux étoiles d'or flottait au sommet d'un mât blanc.

Un jeune inspecteur en polo gris clair qui faisait

le guet devant l'entrée galopa à la rencontre de Losser et annonça d'une voix surexcitée :

— C'est foutu, patron. On ne sait pas comment il s'est fait avoir mais il était mort quand nous sommes arrivés sur place, Halbers et moi. L'équipe de réanimation n'a rien pu faire. L'autre est mort aussi.

Losser, le faciès granitique, ordonna à son subordonné :

— Conduisez-moi sur les lieux.

A la suite du jeune policier de la D.S.T. (qui n'en menait pas large) Losser, Coplan, Nicole et Legay pénétrèrent dans l'immense hall du palais, longèrent des couloirs, traversèrent le somptueux hémicycle du Conseil dont les fauteuils bleus étaient vides, débouchèrent finalement dans un local rectangulaire aux murs nus où se dressaient des tables métalliques, des pupitres de commande, des micros, tout un appareillage de sonorisation.

Sur le sol, deux corps gisaient immobiles, les bras en croix. Deux médecins en blouse blanche et trois infirmiers entouraient les deux hommes couchés sur le sol.

Losser se dirigea vers le plus âgé des deux docteurs.

— Qu'est-ce qui s'est passé ?

— Je me le demande, grogna le toubib, soucieux. Je n'y comprends rien, absolument rien. Tout ce que je peux vous dire pour l'instant, c'est qu'ils ont succombé tous les deux à la suite d'un arrêt cardiaque. Quant à savoir ce qui s'est passé, mystère.

— Il n'y a plus rien à tenter ? insista le commissaire.

— Non. Nous avons tout essayé, mais c'était inutile.

Losser donna ses ordres : évacuer les cadavres aux fins d'autopsie, fermer le Palais, rassembler le personnel de garde dans la salle du Conseil.

Puis, prenant son jeune collaborateur à l'écart.

— Qui a donné l'alerte ?

— Un des employés du service d'entretien. Le grand blond là-bas, en salopette. Il est entré dans cette pièce et il a vu les deux hommes étalés sans vie sur le sol. Halbers, qui se trouvait dans le hall, est arrivé presque tout de suite. Il surveillait les groupes de touristes qui visitent le Palais. C'était la cohue, vous pensez ! Six autocars venus d'Allemagne.

Losser s'approcha de Coplan et de Nicole. Il demanda à cette dernière :

— Vous avez reconnu Michel Bader, je suppose ?

Nicole, le visage blanc comme de la craie, balbutia :

— Oui, quelle horreur... Comment a-t-il été tué ?

— Nous n'en savons rien. Vous avez entendu, même les docteurs sont dans le cirage. L'autre, c'est le Polonais dont je vous ai parlé, un certain Galinas. On peut dire que ça barde, chez vos amis.

Le jeune inspecteur en polo gris, s'adressant à Losser, prononça en montrant le stylobille à quatre couleurs qu'il tenait dans la main :

— Je viens de trouver ça par terre, patron.

Regardez, il y a une aiguille à la place de la pointe en feutre...

Losser sortit son mouchoir.

— Donnez, dit-il. Sauf erreur, il se pourrait que ce soit l'arme du crime. Ces deux-là ont dû se bagarrer avant de se donner la mort mutuellement...

Du regard, il consulta Coplan. Celui-ci opina en silence. Il savait à quoi s'en tenir. Il avait lui-même utilisé le procédé pour expédier un adversaire dans l'autre monde (1).

Losser reprit :

— Retournez à votre hôtel avec mademoiselle Bonnel et l'inspecteur Legay. Je vous y rejoindrai dans une petite heure. Je vais avoir de quoi m'occuper ici.

Effectivement, d'autres autorités policières, appelées probablement par le surveillant-chef du palais, faisaient leur apparition : la P.J. et ses équipes spécialisées, la Brigade Criminelle, les ambulanciers, les photographes de l'identité judiciaire, etc.

Coplan, Nicole et Legay sortirent du local. Nicole paraissait au bord de l'évanouissement. Coplan, lui prenant le bras, murmura :

— Le massacre continue, comme tu le vois. Si ton ami Jean-Paul en réchappe, ce sera un miracle, pas de doute.

— Je n'en peux plus, souffla-t-elle d'une voix éteinte. Je voudrais rentrer à Paris. Je sens qu'il vont m'avoir, moi aussi. Tant pis pour Jean-Paul, qu'il se débrouille. Tout ça, c'est sa faute.

(1) Voir : *Coplan connaît la musique,* du même auteur.

— Un peu de cran, la morigéna Coplan en lui serrant plus fermement le bras. Si tu craques maintenant, c'est nous qui allons payer les pots cassés.

Dès qu'ils furent réunis dans la chambre de Legay, à l'hôpital, Coplan fit monter trois verres de cognac. Mais Nicole refusa de boire le sien.

— Je serais malade, dit-elle. Reste près de moi, ça va passer.

Legay lui suggéra :

— Allongez-vous un moment sur le lit.

Elle obtempéra.

Legay reprit, s'adressant à Coplan :

— Cette fois-ci, c'est vraiment la débandade chez les amis de Wagner. Et les tueurs de la bande n'y vont pas de main morte.

Coplan se contenta de hausser les épaules d'un air fataliste. Il vida son verre de Lagrange, alluma une Gitane, s'enferma dans une méditation silencieuse.

Quand le commissaire Losser arriva, environ quarante minutes plus tard, Nicole avait repris un peu de couleurs.

Losser la regarda.

— Tout commentaire me paraît superflu, nous sommes bien d'accord, mademoiselle Bonnel ?

— Vous voulez dire qu'ils vont essayer de m'assassiner ?

— C'est la logique même. Reste à savoir ce que vous comptez faire à présent.

Coplan ne laissa pas à la jeune femme le temps de répondre.

— Il faut continuer la lutte, dit-il, catégorique. Je vais accompagner mademoiselle Bonnel au bureau de Jean-Paul Wagner et vous assurerez notre protection.

— Comme vous voudrez, acquiesça le commissaire.

***

Les bureaux de la firme Wagner et Fils, grossistes en vins, se trouvaient au premier étage d'une vieille maison bourgeoise de la rue du Vieux-Marché-aux-Vins, non loin de l'hôtel. Le rez-de-chaussée de l'immeuble était occupé par une boutique de maroquinerie.

Coplan et Nicole s'y rendirent à pied, et Francis prit position sur le palier du premier étage tandis que la jeune femme entrait dans le bureau.

La comptable de la société, mademoiselle Bracht, une personne âgée d'une cinquantaine d'années, au visage rond et frais, salua l'arrivante d'une voix enjouée :

— Bonjour, mademoiselle Nicole. On ne vous voit plus souvent ces temps-ci. La vie parisienne vous accapare, à ce qu'il me semble ?

— Bonjour, mademoiselle Bracht, comment allez-vous ?

— Je vais très bien, merci. C'est vous qui n'avez pas très bonne mine, si je peux me permettre. L'air de la capitale ne vous réussit pas tellement.

— Un peu de fatigue, rien de plus.

— Vous venez chercher votre lettre, n'est-ce pas ? Tenez, la voici. Deux ou trois semaines de vacances vous feront le plus grand bien, croyez-moi. Et les Baléares, à cette époque de l'année, c'est merveilleux.

— Merci, dit Nicole en prenant la grosse enveloppe brune que lui tendait la vieille demoiselle. Comment va Jean-Paul ?

— Comme d'habitude. Vous le connaissez, toujours sec et taciturne. J'avoue que quand il m'a confié votre enveloppe, il n'était pas à prendre avec des pincettes. Il est resté enfermé dans son bureau pendant plus de deux heures. Il n'a même pas voulu voir monsieur Schmidt, ce qui n'était pas très gentil, vous en conviendrez. Car enfin, si monsieur Schmidt n'était pas là pour s'occuper de tout, je ne vois pas comment la maison marcherait.

— Avec vous et monsieur Schmidt, ses affaires sont en bonnes mains et il le sait. Merci, mademoiselle Bracht.

— A votre service, mademoiselle Nicole. Et bonnes vacances.

Son enveloppe dans la main, Nicole s'en alla.

Coplan, qui montait la garde sur le palier, prit le bras de la jeune femme. En silence, ils regagnèrent la voiture de Jean Legay qui stationnait en face de l'immeuble, dans la rue.

Tout en montant dans la 604, Coplan demanda à Legay :

— Rien à signaler ?

— Non, je n'ai rien remarqué de spécial.

La Peugeot démarra.

A l'hôtel, toujours dans la chambre de Legay, Nicole décacheta la grosse enveloppe de papier kraft. Une petite clé en métal chromé, genre Yale, tomba sur le tapis. Nicole la ramassa, inspecta le contenu du pli : deux feuillets manuscrits et une liasse de billets de banque allemands. Elle déplia les feuillets, les lut en silence. Puis, sans prononcer un seul mot, elle passa les deux feuillets à Coplan.

« *Tout est arrangé. Les amis de Michel nous ont finalement déniché un endroit où nous pourrons rester aussi longtemps qu'il le faudra. Je t'ai dessiné un plan et tu trouveras la clé de la villa dans l'enveloppe. Pour le bureau, je suis parti en vacances aux Baléares pour deux ou trois semaines. Michel viendra peut-être nous rejoindre. Son congé commence dans quatre jours. Ne te fais pas de mauvais sang, tout va bien. En attendant que l'orage se calme, nous ferons des balades en forêt. Passe la fontière à pied, prends un taxi à Kehl jusqu'à Offenburg et un autre taxi jusqu'à Bad-Peterstal. Apprends mon petit plan par cœur et ensuite brûle ces deux feuillets. A bientôt. JIP.* »

Coplan tendit le message et le croquis à Losser, qui les transmit, après lecture, à Jean Legay.

Un silence oppressé planait dans la chambre. Finalement, sur un ton presque solennel, le commissaire Losser prononça en dévisageant Nicole :

— Vous êtes à la croisée des chemins, mademoiselle Bonnel. Ou bien vous prenez le risque de rejoindre votre ami Wagner dans la tanière où il s'abrite, ou bien vous rentrez à Paris avec monsieur Coplan et l'inspecteur Legay. C'est à vous de choisir. Mais je crois qu'il est de mon devoir de vous mettre en garde : *à mon avis, ce rendez-vous est un piège. Un piège mortel.*

CHAPITRE XIV

Après les paroles articulées avec tant de gravité par le commissaire Losser, le silence devint encore plus lourd. Tous les regards étaient braqués vers la jeune femme. Celle-ci, une fois de plus, tourna les yeux vers Coplan et murmura :

— Qu'est-ce que je dois faire ? Je suis prête à t'obéir sans hésiter.

Coplan répondit :

— L'avertissement du commissaire n'est pas à prendre à la légère, je le reconnais. A première vue, cette villa solitaire, cachée dans une vallée de la Forêt Noire, cela ressemble fichtrement à un traquenard. Néanmoins...

Laissant sa phrase en suspens, il s'avança vers Legay — qui tenait toujours dans sa main droite les deux feuillets qu'il avait été le dernier à lire — et dit en tendant la main :

— Vous permettez, inspecteur, je voudrais relire un ou deux passages qui ont retenu mon attention.

Legay lui remit les feuilles. Coplan les parcourut et reprit :

— Ecoutez ceci : « *Les amis de Michel nous ont*

finalement déniché un endroit où nous pourrons rester aussi longtemps qu'il le faudra. » Cela signifie deux choses : primo, qu'il existe bel et bien des gens qui se tiennent dans la coulisse et qui s'occupent de cette histoire. Ce sont ces gens-là que vous devez démasquer, vous les policiers, pour démontrer que mademoiselle Bonnel et moi-même ne méritons pas d'être considérés comme des coupables. Secundo, ce passage indique très clairement que Wagner ne se doute pas du tout que son ami Michel Bader n'a plus, à ce moment-là, que quelques heures à vivre. Il écrit même, un peu plus loin : « *Michel viendra peut-être nous rejoindre. Son congé commence dans quatre jours.* » Bref, ceci démontre, à mes yeux du moins, que Wagner est de bonne foi.

Losser ne put s'empêcher d'intercaler sur un ton acerbe :

— Ou je me trompe fort, ou Wagner a déjà été liquidé à l'heure qu'il est.

Coplan regarda le policier.

— Par conséquent, fit-il, vous estimez que ça ne vaut même plus la peine de tenter l'expérience ?

— Je persiste à penser que le jeu n'en vaut pas la chandelle, affirma Losser avec conviction.

— Et si Wagner avait été épargné par ses complices pour des motifs qui nous échappent ? rétorqua Francis.

Losser haussa les épaules d'un air sceptique. Puis, fixant d'un œil soudain figé les deux feuilles que Coplan tenait dans les mains, il maugréa :

— Après tout, pourquoi pas ? Mais alors, laissez-moi plutôt agir à votre place. Tout compte fait, c'est la meilleure solution. Je contacte mes collègues allemands et nous prenons les dispositions requises pour épingler Wagner dans son refuge.

— Ah non, pas ça ! renvoya Coplan aussi sec. Je vous vois venir. Si la police allemande arrête Wagner, il faudra des mois et des mois pour obtenir son extradition ! Pendant ce temps-là, mademoiselle Bonnel et moi-même nous croupirons dans un cachot ! Je ne suis pas d'accord.

Losser marmonna :

— De toute manière, je suis forcé de mettre mes collègues allemands au parfum. Et aussi l'officier de sécurité d'Offenburg. Il y a des règlements juridiques qu'il faut respecter, monsieur Coplan. Un commissaire de la D.S.T. n'est pas au-dessus de la loi. Je n'ai pas le droit d'opérer en territoire étranger sans prévenir les autorités locales, même s'il ne s'agit que d'assurer la protection de mademoiselle Bonnel.

— Pourquoi faites-vous allusion à l'officier de sécurité d'Offenburg ? questionna Francis, étonné.

— Parce que la France a dans cette petite ville une garnison de 5 000 soldats qui stationnent là au titre des accords de l'Alliance Atlantique.

— Mais c'est providentiel, ma foi ! enchaîna Coplan. L'intervention de ce compatriote doit nous faciliter la tâche, il me semble ?

— Oui, dans un sens, admit Losser.

— Eh bien, si c'est comme ça, nous risquons le paquet, décida Francis.

Il s'approcha de Nicole, lui posa la main sur l'épaule.

— Nous risquons le coup, d'accord ?

— Je ferai tout ce que tu me diras de faire.

— Nous avons toute la soirée pour mettre notre plan au point. Je te conduirai moi-même jusqu'à Bad-Peterstal.

Il se tourna vers Losser.

— De votre côté, commissaire, prenez vos dispositions pour respecter votre sacro-sainte légalité. En principe, nous quitterons Strasbourg à 10 heures du matin. Ce délai vous paraît-il suffisant ?

— Oui, bien entendu. Mais j'ai l'impression que vous oubliez une chose importante, monsieur Coplan. Dans son message, Wagner recommande à mademoiselle Bonnel de brûler les deux feuillets après en avoir pris connaissance. Ceci démontre qu'il tient à préserver le secret de son refuge. Si vous faites votre apparition en compagnie de mademoiselle Bonnel, il est bien capable de vous abattre à bout portant.

— N'ayez crainte, j'ai pensé à cela. Je vais élaborer une tactique appropriée à la situation. Je compte d'ailleurs sur votre collaboration et sur celle de l'inspecteur Legay pour m'aider à la réussite de cette expédition.

Il s'adressa à Nicole.

— La région où se trouve la villa en question, tu la connais ?

— Oui, je vois à peu près le coin. Il y a une dizaine d'années, nous allions parfois camper dans ces vallées qui partent de Bad-Peterstal. C'est un endroit touristique très fréquenté de la Forêt Noire.

— C'est la montagne ? insista Francis.

— Oui, si on veut. En fait, le sommet de Bad-Peterstal n'atteint même pas les 1 000 mètres d'altitude.

— Nous verrons cela. Il nous faudrait une bonne carte de la région.

Le commissaire Losser promit :

— Je vous apporterai cela tout à l'heure. Je pense que je pourrai revenir vous voir vers 21 heures.

***

Lorsque Losser revint à l'hôtel, un peu après 21 heures, il annonça :

— Je vous emmène tous les trois en promenade. Si cela ne vous embête pas trop, nous irons faire un tour dans la campagne.

Nicole, peu enthousiaste, demanda au policier :

— Avez-vous vraiment besoin de moi, commissaire ? Je suis tellement fatiguée.

— C'est surtout *pour vous* que nous allons faire cette promenade, mademoiselle Bonnel. Excusez-moi de ne pas vous en dire plus, mais votre présence est indispensable.

Ils se mirent en route dans la Peugeot de Legay. Coplan s'enquit :

— Où allons-nous ?

— Du côté de Molsheim, indiqua Losser.

— Qu'est-ce que nous allons faire dans ce coin-là à une heure pareille ? insista Francis.

— Un peu de patience, monsieur Coplan, grommela le policier de la D.S.T. Quand vous saurez de quoi il s'agit, je suis sûr que vous me remercierez.

Ils roulaient depuis vingt bonnes minutes quand Losser lança à l'intention de Legay :

— Essayez de dénicher un endroit tranquille et désert, et garez-vous .

— Mais nous sommes en pleine campagne ! s'exclama Legay.

— Justement, appuya le commissaire, il faut que nous soyons tranquilles.

La Peugeot ralentit, s'engagea dans un chemin de terre, stoppa sur le côté d'une petite route champêtre.

Losser ordonna :

— Tout le monde descend.

Legay coupa son moteur, et ils mirent tous les quatre pied à terre. Losser expliqua alors :

— Nous allons procéder à un exercice afin de tester les appareils que j'ai apportés. Mademoiselle Bonnel, voulez-vous avoir l'obligeance de mettre cette jolie ceinture de cuir autour de votre taille ?

Il tendit à la jeune femme une ceinture qu'elle tenta d'examiner dans l'obscurité naissante. Elle questionna :

— Pourquoi dois-je mettre cette ceinture ?

— Parce qu'elle contient deux émetteurs miniaturisés ainsi qu'une balise radio-électrique pas plus grande que la moitié de l'ongle de mon petit doigt.

Nicole mit la ceinture. Losser distribua alors à Legay et à Coplan deux récepteurs de la taille d'une pochette d'allumettes, fit semblant de leur montrer le fonctionnement de ces instruments. Puis, poursuivant son commentaire explicatif :

— Je vais marcher pendant quelques minutes

avec mademoiselle Bonnel. Vous, monsieur Coplan, vous vous éloignez vers la droite ; et vous, inspecteur, vous allez vers la gauche, dans ce chemin creux. Je veux savoir si la réception est bonne, passable ou franchement déficiente.

Très vite, Coplan et Legay constatèrent que les bidules apportés par Losser marchaient à la perfection. Non seulement la conversation de Nicole et du policier leur parvenait avec une fidélité stupéfiante, mais les bip-bip-bip de la balise radio-électrique leur permettait de suivre avec une belle précision les déplacements de la jeune femme.

Lorsqu'ils furent de nouveau réunis près de la Peugeot, Legay dit :

— En ce qui me concerne, c'est au poil.

Coplan, de son côté, déclara :

— C'est fantastique, ces appareils. J'avais l'impression de me trouver à vos côtés pendant que vous parliez avec mademoiselle Bonnel, commissaire. Comme technique, c'est remarquable, ces instruments.

Losser marmonna :

— Made in U.S.A. Vous admettrez que je fais tout ce que je peux pour vous rendre service, n'est-ce pas ? Grâce à ces équipements spéciaux, vous ne serez pas obligé d'accompagner mademoiselle Bonnel jusqu'à la villa mais vous serez tout de même près d'elle d'une certaine manière. Je vous confie ces précieux outils. Et maintenant, nous rentrons. Soyez prêts demain matin à 10 heures. Vous ne me verrez pas, mais je resterai de garde dans mon bureau jusqu'à votre retour.

***

Le lendemain matin, à 10 heures, quand Coplan et Nicole s'embarquèrent dans la voiture de Legay pour filer vers la frontière, il faisait un temps radieux. Le soleil déjà vif brillait dans un ciel sans nuages. La température était douce, une légère brise pleine de fraîcheur ventilait les rues de Strasbourg où déjà les touristes se dirigeaient vers la cathédrale.

Cette dernière journée dominicale du mois d'août promettait d'être splendide. Cependant, les deux passagers de la Peugeot ne paraissaient pas au diapason de l'ambiance heureuse qui flottait sur la jolie capitale alsacienne. Nicole, assez pâle, les traits tirés, ne pouvait pas cacher l'angoisse qui la tenaillait. Chose étrange, sa pâleur ajoutait une note presque émouvante à sa beauté. Elle portait un tee-shirt bleu à encolure en V qui modelait le relief attirant de sa poitrine avec un réalisme saisissant. La ceinture de cuir fauve que lui avait offerte le commissaire Losser collait parfaitement avec le tee-shirt et la jupe de coton, d'un blanc cassé, qui complétait sa tenue.

Coplan, le faciès impassible, était conscient de la gravité de cette expédition. Il serrait dans sa main gauche la main droite de la jeune femme et, de temps à autre, il pressait les doigts de son amie pour la réconforter, pour apaiser son anxiété, pour lui insuffler du courage.

Le passage de la frontière, à Kehl, ne fut qu'une formalité promptement expédiée. Le cortège des voitures qui voulaient se rendre de France en Allemagne était déjà si long que ni les douaniers ni les policiers n'avaient le temps de fignoler leurs contrôles.

Par la Nationale 28, ils filèrent en direction d'Offenburg où ils arrivèrent vingt-cinq minutes plus tard. Offenburg est une des petites villes les plus accueillantes du pays de Bade. Baptisée *Porte de la Forêt Noire,* réputée depuis des millénaires pour l'abondance de ses fruits et de ses légumes, elle compte également des vignobles dont la renommée n'est pas surfaite. La Peugeot longea la Hauptstrasse, contourna la fontaine de Neptune, passa devant quelques magnifiques maisons à façades baroques, stoppa enfin le long du bâtiment brun, bas et plat de la gare.

Cette halte avait été prévue pour un motif très précis.

Legay dit à ses deux passagers :

— Nous allons boire un verre au café de la gare en attendant le feu vert des autorités locales. Venez.

Ils pénétrèrent dans le bâtiment. La grande salle rectangulaire qui abritait tout à la fois le bar et le restaurant avait un aspect plutôt triste. Il y avait une vingtaine de clients qui buvaient de la bière. Les deux serveuses allaient et venaient entre les tables et le comptoir qui occupait le mur du fond.

Legay souffla :

— Comme ambiance, c'est plutôt morne.

Il choisit une table isolée, dans le coin de la salle. Ils s'installèrent. La serveuse s'amena, les salua, demanda en allemand ce qu'ils voulaient boire.

Legay, sans consulter ses compagnons, commanda une bouteille de vin blanc du pays, du Bickensohler.

— Je suis sûr que ça vous plaira, dit-il à Coplan et à Nicole. C'est un petit vin très naturel, très doux, agréable et rafraîchissant.

Par politesse, Francis et Nicole firent semblant d'approuver. Histoire de faire la conversation, Legay entreprit de raconter en quelles circonstances, ayant séjourné à Kehl, il avait fait la découverte de ce vin, trois ans auparavant. Francis et Nicole l'écoutaient d'une oreille distraite. Ils pensaient à autre chose.

Ils étaient là depuis trois quarts d'heure quand un énorme gaillard en costume gris entra, promena un regard à la ronde, s'avança vers les trois Français et murmura en français, tout en tendant sa grande main à Legay :

— Legay, je présume ?

— Oui.

— Roger Normand. Je viens vous chercher de la part de notre ami Losser.

— Enchanté, fit Legay en serrant la main tendue. Vous prendrez bien un verre avec nous ?

— Excusez-moi, je suis pressé.

Legay paya les consommations et ils s'en allèrent. Ils embarquèrent tous les quatre dans la Peugeot de Legay qui, en suivant les indications de Normand, se rendit au quartier des Français. La garnison occupait une série de bâtiments groupés à l'entrée de la petite ville provinciale.

Là, dans un vaste bureau meublé d'une façon assez sommaire, un homme d'une quarantaine d'années, un blond au visage carré, aux yeux bleus, attendait les visiteurs. Il se présenta :

— Je suis l'inspecteur Stein, de la Sûreté. Mon collègue Losser et mon ami Normand, du Deuxième Bureau français, m'ont parlé de votre affaire. J'ai fait de mon mieux pour vous faciliter les choses et j'espère que tout se passera bien. Je vais vous conduire moi-même à pied d'œuvre. Une voiture avec des plaques allemandes se remarque moins qu'une voiture immatriculée en France. Je déposerai mademoiselle Bonnel à deux cents mètres de la villa où elle souhaite se rendre. Vous, inspecteur Legay et vous, monsieur Coplan, nous avons repéré à votre intention des postes d'observation d'où vous pourrez surveiller la villa sans être vus.

Il alla prendre sur la table un dépliant touristique.

— La villa où se trouve votre ami est admirablement située, reprit-il. Venez voir… Cette photographie en couleur vous montre pratiquement toute la vallée de la Rench. Bad-Peterstal en est le joyau, sans aucun doute. La station thermale était déjà célèbre au XVIe siècle. En hiver, on y fait du ski.

— Je connais l'endroit, dit Nicole.

— Et la villa en question ?

— Non, je n'y suis jamais allée.

— Je me suis renseigné sur ce point. Elle a été bâtie pour le compte d'un gros marchand de vins qui habite à Baden-Baden, un certain Fritz Wassmann. Ce nom vous dit-il quelque chose ?

— Non.

— Il y a environ deux ans que la villa a été construite. Si mes informations sont exactes, votre ami est également marchand de vins, n'est-ce pas ?

— Oui.

— Par conséquent, ses relations avec Wassmann n'ont rien d'extraordinaire.

Il dévisagea Nicole.

— Si j'ai bien compris les explications de Losser, vous espérez convaincre votre ami Wagner qu'il a intérêt à se livrer librement à la police française, c'est bien cela ?

— Oui.

— Cependant, toujours d'après Losser, l'hypothèse selon laquelle votre rendez-vous avec Bader serait un traquenard n'est pas exclue ?

— Non. Mais ce n'est pas mon ami que je crains, ce sont les gens qui se servent de lui.

— Permettez-moi de vous donner un conseil. Quand vous serez dans la villa, ne vous placez pas dans l'axe des fenêtres. Un tireur caché dans les parages pourrait vous atteindre. Par contre, essayez d'avoir sous la main un objet que vous pourrez éventuellement lancer dans les vitres de l'une des fenêtres. Ce signal d'alarme déclenchera notre intervention immédiate.

— Je ferai ce que vous me conseillez.

— Eh bien, il me reste à vous souhaiter bonne chance. Si votre ami se montre compréhensif, ce que j'espère, vous l'amènerez jusqu'à ma voiture et nous reviendrons tous ici pour faire le point.

Coplan, Legay et Nicole montèrent dans la grosse Mercedes noire du policier allemand qui se mit au volant. La berline démarra.

L'indéniable beauté des paysages qu'ils traversèrent laissa de glace les quatre occupants de la

Mercedes. On eût dit un convoi funèbre. Nicole avait de nouveau glissé sa main dans celle de Francis.

Un peu avant d'entrer dans la bourgade thermale de Bad-Peterstal, Stein ralentit. Et, de la main gauche, il désigna une coquette bâtisse blanche à toit de tuiles rouges, nichée en contrebas de la route, entourée d'un grand jardin en pente où se dressaient plusieurs dizaines d'arbres aux feuillages très verts.

— C'est là, dit le policier allemand.

Il stoppa deux cents mètres plus loin, sur une placette bordée de petites maisons d'une propreté éclatante.

— Vous êtes arrivée, mademoiselle Bonnel, annonça-t-il. Je vous attendrai ici.

Ils débarquèrent tous les quatre. Nicole respira profondément, longuement. Puis, regardant Coplan, elle murmura :

— J'y vais... Je t'aime, pense à moi.

Elle s'éloigna sur la petite route.

CHAPITRE XV

Nicole, les tripes nouées par une angoisse à peine soutenable, marchait vers la villa. Arrivée à proximité de celle-ci, elle bifurqua pour emprunter le sentier qui dévalait vers l'entrée de la maison. Elle poussa le portillon de bois, traversa le jardin, escalada les quatre marches du perron. La Matra de Jean-Paul était là, garée dans le garage en appentis dont les portes étaient ouvertes.

Prenant la clé dans son sac, la jeune femme, avant d'ouvrir, frappa contre l'huis selon un rythme qui leur était familier, à elle et à Jean-Paul, depuis leur enfance : *tac-tac-tac, tac-tac-tac, tac-tac-tac-tac-tac.*

Le vantail pivota avec une telle rapidité que Nicole en fut un peu abasourdie.

Jean-Paul Wagner, en polo blanc et pantalon bleu, s'exclama sur son habituel ton désagréable :

— Te voilà tout de même ! Ce n'est pas trop tôt ! Allez, entre.

Elle pénétra dans la maison, se dirigea vers la salle de séjour, une belle pièce rectangulaire, claire et spacieuse, aux murs nus peints en blanc.

Wagner maugréa :

— Je t'attendais hier. Je n'ai pas mis le nez dehors depuis que je suis ici, pour ne pas te rater. Et j'ai laissé le garage ouvert pour que tu puisses voir ma bagnole. Dis donc, tu n'as pas bonne mine, ma vieille. Je dirais même que tu as une gueule d'enterrement.

— Tu crois que ma vie est drôle en ce moment ? répliqua-t-elle, acerbe.

— Madame a des ennuis ? plaisanta-t-il de sa voix grinçante. Assieds-toi, je vais te servir un scotch. Relax, bébé, relax. Les emmerdements sont terminés.

Il affectait un enjouement presque primesautier qui hérissa davantage encore les nerfs de Nicole.

— Tu me parais bien excité, fit-elle en se laissant tomber dans un des fauteuils qui meublaient le living.

— En pleine forme, reconnut-il.

Il lui servit un verre de whisky, s'en versa un, déambula dans la pièce avec une allégresse qui paraissait teintée de défi.

— Nous allons passer trois semaines de rêve ici, ma petite Nic. Toi et moi, rien que nous deux. Des balades en forêt, des gueuletons dans les petites auberges villageoises ; le pied, je te dis.

Il arrêta net son va-et-vient, articula :

— A propos, tu devais voir ton nouveau copain Francis Coplan quand je t'ai quittée. Pour une affaire urgente, si j'ai bonne mémoire ?

— Il a été provisoirement viré de la société pour laquelle il travaille. On nous a vus au restaurant, lui et moi, et il a dû subir un interrogatoire pour expliquer ses relations avec une femme considérée comme espionne.

— Celle-là, c'est la meilleure ! pouffa-t-il. De toute façon, les flics français qui te surveillaient à Paris n'ont pas pu te suivre jusqu'ici. Une fois passée la frontière, ils n'ont plus le droit d'opérer.

— Assieds-toi, tu me donnes mal au ventre à t'agiter comme ça devant moi. D'ailleurs, j'ai des choses à te raconter et il vaut mieux que tu sois assis pour les entendre. Ce n'est pas sans raison que j'ai une gueule d'enterrement, comme tu viens de le dire avec ton tact coutumier.

Il hésita une fraction de seconde, puis, son verre de whisky dans la main, un petit sourire supérieur aux lèvres, il prit place dans un fauteuil en face d'elle.

— Je t'écoute.

— Christian Mergin est mort. J'ai vu son cadavre à la morgue. Il a été assassiné.

— Je sais. Tu ne m'apprends rien.

— Michel est mort également.

— Je sais. On m'a fait part de la nouvelle hier soir.

Nicole, désarçonnée, le regarda.

— C'est tout l'effet que ça te fait ?

— Pauvre petite conne, railla-t-il. Réfléchis deux secondes et tu comprendras. Mergin et Michel étaient les deux témoins qui pouvaient nous accuser si la police mettait la main sur eux. Maintenant qu'ils sont morts, les flics ne peuvent plus rien contre nous. C'est clair, non ?

Nicole, franchement estomaquée cette fois, but une gorgée d'alcool. Wagner reprit, jovial :

— C'est ça l'astuce, Nic. Même si la police

nous cherche des poux dans la tête, ils devront capituler. Leur dossier, c'est du vent.

Nicole le fixait d'un œil froid comme s'il s'était transformé en un insecte bizarre. Elle prononça calmement :

— Ou bien on t'a bourré le crâne, Jip, ou bien tu es encore plus gamin que je ne le pensais. Tu te figures que la police capitule aussi facilement ? Les flics ne sont pas tous des cons, crois-moi.

— Mes amis ne sont pas des cons non plus ! renvoya-t-il sèchement.

— Là nous sommes d'accord, acquiesça-t-elle. Ils se servent de toi comme on se sert d'une marionnette. Je ne sais pas pourquoi ils ont mis cette villa à ta disposition, ni pour quel motif ils veulent que tu te planques ici, mais ces gens-là n'agissent sûrement pas sans raison. Tôt ou tard, ils auront ta peau. Et la mienne aussi, bien entendu. Nous ne sommes que des lampistes, n'oublie pas ça. Et s'ils n'ont pas hésité à sacrifier Mergin et Michel, ils n'hésiteront pas non plus à nous sacrifier. Tu me croiras si tu veux, mais je ne m'attendais pas à te trouver vivant. Depuis vingt-quatre heures, je me suis fait du mauvais sang à ton sujet, je te le jure.

Cet aveu toucha Wagner. Il baissa la tête, regarda son scotch en silence. Puis, sur un ton où il n'y avait plus la moindre trace de forfanterie, il émit :

— Je vais te faire une confidence, Nic. Je sais que tu m'as toujours sous-estimé, que tu m'as toujours considéré comme un sale gosse, mais tu me connais mal. Je ne suis pas un lampiste, comme tu le crois. Je suis même un des chefs de notre organisation. Michel était sous mes ordres.

— Toi ? Un chef ? lâcha-t-elle, incrédule et mal à l'aise.

— Je suis le responsable en titre de toutes les activités du secteur français de notre réseau. Il y a un autre chef qui s'occupe du secteur allemand, mais, au-dessus de moi, il n'y a qu'une seule personne : un officier du G.R.U. qui vit à Bonn. C'est grâce à l'appui de cet homme-là qu'on m'a prêté cette villa. C'est lui qui m'a suggéré de supprimer Mergin et Michel... Tu admettras tout de même qu'un grand patron ne sacrifie pas à la légère un de ses chefs de réseau, non ?

Nicole était assommée par les révélations de son ami. A la lettre, elle en avait le souffle coupé.

— Tu ne me crois pas ?

Elle le dévisagea.

— Non, Jip, je ne te crois pas. Ou alors, tu es vraiment le dernier des salauds. Si Francis Coplan ne s'était pas trouvé à point nommé chez moi, je serais morte à l'heure qu'il est.

— Qu'est-ce que tu veux dire ? siffla Wagner, raidi.

— Que le type qui a assassiné Mergin m'a rendu visite, et qu'il se préparait à me supprimer selon sa méthode habituelle, une piqûre invisible, *invisible et mortelle.*

Comme s'il avait été mordu par une vipère, Wagner se redressa d'un bond, répandant du whisky sur le sol et sur son pantalon.

— Qu'est-ce que tu racontes ? glapit-il, furieux.

— La vérité.

Wagner aspira une bouffée d'air, énonça d'une voix un peu enrouée :

— Méfie-toi, Nic. C'est grave, ce que tu viens de dire. C'est *très* grave, crois-moi.

Ils s'affrontèrent du regard. Wagner avait changé de figure. Il avait maintenant son masque des mauvais jours : les lèvres amincies, les yeux renfoncés dans leurs orbites, les muscles maxillaires frémissants.

Il ordonna :

— Explique-toi.

— Expliquer quoi ?

— C'est une histoire que tu as inventée, j'espère ?

— Tiens donc ! Ce fumier qui voulait me tuer s'appelle Simon Pertel, et ça je ne l'ai pas inventé tout de même ! Enfin, c'est sous ce nom-là qu'il s'est présenté... Je te le répète, sans l'intervention miraculeuse de Coplan, je ne serais pas ici.

— Et Pertel ? Qu'est-ce qu'il est devenu ?

— Coplan l'a assommé et a appelé aussitôt la police. Les flics ont emmené ce tueur. Ton Russe ne t'a pas mis au courant ?

Wagner ne parut pas entendre cette dernière phrase formulée par la jeune femme. Il avait l'air pétrifié. Il marmonna entre ses dents :

— Ce n'est pas possible. IL n'a pas pu me faire une saleté pareille...

Les yeux rétrécis par la colère qui bouillonnait en lui, il fixa le sol en silence pendant une minute plus longue qu'un siècle. Puis, d'une voix tendue :

— Tu me jures que tu dis la vérité, Nic ?

— Je te le jure.

— Tu maintiendrais ton accusation si je te mettais en présence de mon patron ?

— Evidemment.

D'un geste violent, Wagner lança son verre contre le mur. Pendant quelques instants, il arpenta la pièce d'un pas mécanique. Puis, revenant se planter devant Nicole :

— Comment peux-tu prouver que tu dis la vérité ?

— Je ne peux pas le prouver. Mais si je te racontais des histoires, comment pourrais-je savoir le nom de ce Pertel ? Je ne l'ai pas lu dans le journal, non ?

Wagner se remit à marcher.

— Je ne comprends plus, c'est la fin de tout...

— Jip, veux-tu m'écouter un moment ? J'ai encore des choses à te dire.

— Quoi ?

— Rassieds-toi, je t'en prie. C'est très important.

Il obéit, les traits creusés. Elle énonça en essayant de parler sur un ton uni :

— Je ne suis pas venue pour me planquer avec toi dans cette villa. Je suis venue pour te sauver la vie.

— Ah oui ? Et comment ça ?

— Rentre avec moi à Paris, Jip.

— A Paris ? Mais tu es complètement folle, ma parole !

— Il n'y a pas d'autre solution. Nous rentrons à Paris et nous allons tous les deux nous constituer prisonniers, librement. Tu te confesseras aux flics sans rien cacher. Nous passerons sans doute quelques années en prison, mais nous serons vivants. Je te le répète, il n'y a pas d'autre issue.

La réponse de Wagner fusa aussitôt, cinglante, définitive :

— Jamais !

— Tu signes notre arrêt de mort.

— M'en fous ! Mais nous ne serons pas les seuls à claquer, je te le garantis.

Il jeta un coup d'œil à sa montre.

— Si nous arrivons avant 16 heures à Baden-Baden, je sais où je peux rencontrer mon patron. Il passe tous ses week-ends à Baden-Baden. Il ne pourra pas se dérober à cette confrontation.

— Je suis sûre qu'il sera enchanté de ton idée ! riposta-t-elle, méprisante. Il nous aura sous la main tous les deux et il fera d'une pierre deux coups.

— Qu'est-ce que tu veux dire par là ?

— Qu'il nous assassinera tous les deux. Ou plutôt, qu'il nous *fera* assassiner tous les deux. Tu es encore plus bête que je ne l'imaginais. Tu viens de me dire que c'est ce salaud qui t'a conseillé de supprimer les témoins gênants. Alors, sois logique. Que sommes-nous pour ce Russe ? Des témoins gênants, tout simplement.

Wagner eut de nouveau son sourire méprisant.

— Tu as tort de me prendre pour un crétin, Nic. J'ai pris mes précautions, figure-toi ! J'ai déposé chez un notaire un organigramme complet de mon réseau en stipulant le nom de mon patron. Et je me suis arrangé pour que le principal intéressé le sache. S'il m'arrive un malheur, il est démasqué.

Nicole était impressionnée. Wagner enchaîna :

— Tu comprends maintenant pourquoi mon chef prend soin de ma petite personne ? Ce n'est pas par bonté d'âme, ni par amitié pour moi. Un homme qui dirige un réseau d'espionnage n'est jamais un enfant de chœur, tout le monde sait ça. Mon patron a beau être diplomate, officier, homme du monde et tout ce que tu voudras, ça ne l'empêche sans doute pas d'être une crapule. Il n'occuperait pas le poste qu'il occupe s'il avait des sentiments humains.

La tête baissée, Nicole réfléchissait. Wagner jeta, sarcastique :

— Avoue que ça t'en bouche un coin, non ?

— J'avoue que je ne te croyais pas capable d'agir d'une façon aussi intelligente. Mais comment vois-tu l'avenir ? En admettant que ton Russe te laisse en vie pour sauver sa propre situation, tu ne pourras pas rentrer en France avant des années. La police n'oublie jamais rien.

— C'est l'affaire de quelques semaines tout au plus. Il y aura des interventions occultes en ma faveur. Les Russes ont le bras long. Nous avons des amis partout, des amis qui luttent avec nous pour la cause. Classer un dossier en suspens, c'est l'enfance de l'art.

— Tu ne veux pas rentrer avec moi à Paris ?

Il fronça les sourcils, la scruta intensément.

— Mais dis donc, Nic, où veux-tu en venir ? Est-ce qu'on ne t'aurait pas fait la leçon, par hasard ?

— On ne m'a pas fait la leçon, mais on m'a fait comprendre où se trouvait mon intérêt. Mon intérêt et le tien. Nous ne pourrons jamais nous dédouaner.

— En somme, tu veux que j'aille en prison ? Et que tous mes biens soient confisqués ? Que ma vie soit foutue, en un mot ?

— Non, au contraire.

— Je suppose que c'est *monsieur* Coplan qui t'a fait comprendre où se trouvait ton intérêt ?

— Oui. Si tu ne témoignes pas en sa faveur au tribunal, il restera suspect et il aura des ennuis.

— Il a prêché pour sa chapelle, c'est de bonne guerre. Mais je me fous de ce mec, moi. Son problème n'est pas le nôtre.

Nicole ne répondit pas. En vérité, elle ne savait plus quoi dire. Wagner marmonna :

— Nous reparlerons de ce type plus tard. Dans l'immédiat, ce qui compte, c'est de savoir si mon patron est un fumier ou non. Tu es toujours d'accord pour lui raconter la visite de Simon Pertel à ton domicile ?

— Oui, naturellement.

— Eh bien, allons-y ! Pour moi, ce test sera décisif. Car si mes compagnons de combat sont des salauds comme les autres, je renverse la vapeur.

— Qu'est-ce que ça signifie, renverser la vapeur ?

— Je plaque tout et nous filons en Amérique du Sud. Rien que toi et moi.

— C'est impossible, dit-elle spontanément.

Il la regarda. Elle regrettait déjà ces mots qu'elle avait lancés sans réfléchir, mais ce fut plus fort qu'elle.

— J'aime Coplan, Jip.

— Tu veux me laisser tomber ? demanda-t-il d'une voix blanche.

— Non, je ne te laisserai jamais tomber, tu le sais bien. Mais c'est autre chose.

— Je m'en doutais.

— Tu es... tu es un peu mon frère, dans un certain sens. Coplan est mon amant.

— Il baise donc si bien que ça ? maugréa Wagner avec une mimique presque douloureuse.

— Divinement.

— Nous reviendrons là-dessus plus tard, promit-il. Viens. Nous filons à Baden-Baden.

Elle se leva. Ils sortirent de la maison, et Wagner ferma la porte à clé.

Puis, tandis qu'il s'installait au volant de sa Matra, elle prenait place à côté de lui, arrimait sa ceinture de sécurité. Il lui recommanda encore :

— Quand nous serons en présence de mon patron, laisse-moi entamer la conversation. Tu raconteras ton histoire quand je te le dirai.

— D'accord, acquiesça-t-elle, le visage sombre.

Il mit sa clé de contact, alluma.

Une explosion fantastique secoua l'air, et la Matra, embrasée, désagrégée, brûla en crépitant comme un amas de bois sec.

CHAPITRE XVI

La puissance de la bombe incendiaire utilisée pour piéger la voiture de Wagner était telle que d'énormes bouffées de feu, jaillissant du garage, embrasèrent avec une rapidité foudroyante la villa elle-même. En l'espace de quelques minutes, la maison fut la proie des flammes.

Coplan et Legay, atterrés, assistèrent impuissants au drame. Ils savaient déjà que les jeux étaient faits, que Nicole et son ami étaient morts comme ils avaient vécu, c'est-à-dire côte à côte.

En silence, Francis rallia la Mercedes de l'inspecteur Stein, où Legay s'amena quelques instants après. Les pompiers de la petite station thermale, alertés par on ne sait qui, foncèrent vers la villa.

Stein, le visage altéré par l'émotion, dit à Coplan :

— Attendez-moi ici. Je vais contacter les autorités locales pour éviter des bavures. Il ne faut pas que la presse mentionne la cause réelle du sinistre. Je reviens.

Coplan et Legay s'installèrent, mornes, sur la

banquette arrière de la limousine noire. Legay marmonna :

— Nous n'y sommes pour rien, c'est vraiment la fatalité. Si Wagner avait employé sa bagnole avant l'arrivée de Nicole, elle serait encore vivante. Les salauds qui ont arrangé cet attentat ont eu un coup de bol inespéré : ils éliminent deux témoins au lieu d'un.

— Pauvre gosse, soupira Coplan. Elle méritait mieux, je t'assure. C'était une chic fille. Wagner aura été son ange noir jusqu'au bout.

— C'est bizarre, émit Legay. J'ai l'impression qu'elle sentait venir le désastre.

— Oui, tu as raison. Ce n'était plus la peur qui la rongeait, c'était un pressentiment aussi lourd qu'une certitude. Pourtant, j'espérais bien pouvoir la sortir de là. Le Vieux ne m'aurait pas refusé d'intervenir pour elle.

— D'autant plus que c'est malgré tout grâce à elle que notre problème est résolu. Si Wagner n'a pas menti, nous allons trouver chez ce notaire le dossier complet de l'affaire.

— Je pense que l'inspecteur Stein se chargera de nettoyer tout cela. C'est son boulot. Ce que je crains, ce sont les implications diplomatiques de cette histoire. En parlant de son chef de réseau, Wagner a bien stipulé que celui-ci était en poste à Bonn. Un diplomate, dans l'exercice de ses fonctions, est intouchable. Même si des montagnes de preuves irrécusables démontrent sa culpabilité dans une série de meurtres, ce Russe ne sera pas inquiété. Dans le pire des cas, il sera rappelé à Moscou et envoyé ailleurs. Surtout si c'est un officier des S.R. soviétiques comme l'a dit Wagner.

— On connaît la chanson, dit Legay, amer. Une fois de plus, les lampistes seuls ont trinqué. Le monde est ce qu'il est, nous n'y pouvons rien.

— Il suffit de tourner la page, grinça Francis. Nous avons notre bonne conscience pour nous.

Legay regarda son ami. Le visage de Coplan était buriné par une sorte de rage intérieure qui lui durcissait les traits. De toute évidence, il en avait gros sur le cœur.

Connaissant son copain, Legay jugea préférable de ne pas relancer la conversation. Le retour de l'inspecteur Stein mit fin à leur silence pénible.

— Nous rentrons à Offenburg, jeta le policier allemand, laconique. J'ai donné des instructions et des indications qui couperont court aux rumeurs indésirables.

Il se mit au volant de sa Mercedes. Mais, avant de lancer le moteur de la limousine, il articula :

— Quelle horreur, ces débris humains calcinés. Cette bombe incendiaire était calibrée pour faire sauter la tour Eiffel... J'ai fait une déclaration sous serment pour certifier l'identité des deux victimes. C'était la seule façon d'éviter une enquête interminable. Et je vous ferai délivrer une attestation officielle, Coplan. Le notaire de Wagner sera légalement obligé de vous remettre l'enveloppe préparée par Wagner au cas où il viendrait à décéder.

Coplan opina :

— Je vous remercie, inspecteur. Vous étiez à l'écoute, comme nous ?

— Oui, bien entendu.

— Nous pourrions peut-être filer directement à Baden-Baden ? Identifier ce diplomate soviétique ne doit pas constituer une tâche insurmontable, j'imagine ?

— Vous me vexez, monsieur Coplan, dit Stein. Rien de ce qui se passe dans mon secteur ne m'est étranger. Je connais le patron de Wagner depuis plusieurs mois. Je le soupçonnais d'appartenir à un service de renseignement, mais je n'avais aucune certitude à ce sujet. Dimitri Korzinoff est un homme d'une cinquantaine d'années, de taille imposante, d'un abord assez froid et, d'après ce qui m'a été rapporté, d'un caractère plutôt renfermé. Il arrive généralement à Baden Baden le vendredi et il repart à Bonn le dimanche. Il fait des promenades de santé, mange comme un ogre et apprécie nos petits vins de la région. Il ne va jamais au casino, jamais aux courses de chevaux. Ses mœurs austères ne l'incitent pas à donner des pourboires généreux au personnel de l'hôtel où il a l'habitude de descendre.

— Quel hôtel ? questionna Francis.

— Le *Brenner's Park.* Un palace.

— J'aimerais voir cet homme.

Dans son rétroviseur, l'inspecteur Stein scruta le faciès de Coplan et murmura :

— Je devine vos sentiments, monsieur Coplan, mais mon devoir me fait une obligation de vous mettre en garde. Vous devez comprendre que les autorités de mon pays ne pourraient pas admettre une entorse aux règles universellement admises dans le statut des diplomates. Vous le savez aussi bien que moi, *on* ne touche pas à un ambassadeur accrédité.

— J'ai dit que j'aimerais voir cet homme, spécifia Francis, mordant, je n'ai rien dit d'autre. Il a beau être couvert par l'immunité diplomatique, cela n'interdit pas qu'on puisse l'apercevoir, j'imagine ?

— Naturellement. Mais ne comptez pas sur moi pour vous conduire à Baden Baden.

— Pourquoi ?

— Parce que je lis vos pensées dans vos yeux. Je reconnais que votre désir de vengeance est légitime, mais c'est un engrenage qui peut nous mener loin, vous et moi. Je vous préviens d'ailleurs que s'il devait arriver un accident à Korzinoff, je ne vous ferais pas de cadeau.

Il avait du cran, le flic allemand. Coplan râla :

— En somme, vous trouvez cela régulier qu'un assassin soit protégé parce que ses supérieurs l'ont affublé d'un titre de diplomate ? Vous savez bien que c'est du bidon, je suppose ?

— J'en suis tout à fait sûr.

— Alors ? Votre sens de la justice accepte cette mascarade inadmissible ?

— Je respecte les lois, monsieur Coplan.

Sur ce, Stein lança le moteur de la Mercedes et la berline noire démarra.

A Offenburg, Coplan laissa le soin à son compatriote Roger Normand de régler les formalités requises par l'issue dramatique de l'expédition à Bad Peterstal. L'officier du Deuxième Bureau français, expéditif et méthodique, s'acquitta parfaitement de cette tâche et rassembla les documents officiels délivrés par les autorités allemandes attestant le décès de Jean-Paul Wagner et de Nicole Bonnel.

Après le départ de l'inspecteur Stein, Coplan prit Normand à part et lui demanda :

— Ce Dimitri Korzinoff, vous le connaissez ?

— Oui, de vue. Je ne lui ai jamais parlé, mais je l'ai aperçu à plusieurs reprises à Baden-Baden.

— D'après Stein, il descend habituellement au *Brenner's Park*. Avez-vous quelqu'un dans ce coin-là ?

— Oui, cela va sans dire. Les palaces de Baden-Baden sont des points stratégiques de mon secteur.

— Etes-vous en mesure de contacter votre homme par téléphone ?

— Naturellement. Pourquoi ?

— Je voudrais savoir si Korzinoff se trouve encore à Baden-Baden en ce moment où s'il est déjà reparti pour Bonn.

— C'est l'affaire de dix minutes. Attendez-moi ici, je reviens.

Il quitta le bureau. Jean Legay marmonna en dévisageant Coplan :

— J'espère que tu as bien réfléchi, Francis ?

— C'est tout réfléchi : je veux la peau de ce fumier. Je considère que c'est une obligation morale qui m'est imposée. Du reste, je n'oserais plus me regarder dans un miroir si je laissais vivre en paix le criminel qui a tué Nicole Bonnel. C'est un cas de conscience, tout simplement. Je me sens responsable de la fin tragique de cette fille. Elle m'avait fait confiance, n'oublie pas.

— Bon, d'accord, mais ce dénouement était imprévisible.

— Ce n'est pas une raison pour laisser à

Korzinoff le plaisir de savourer les vins blancs de ce pays.

— Pense au dicton, Francis. La vengeance est un plat qui se mange froid. Dans quelques semaines, les choses seront moins délicates.

Le retour de Roger Normand empêcha Francis de répondre à son ami. L'officier du Deuxième Bureau annonça sur un ton assez ricaneur :

— Pas con, le Sovietsky ! Il a fait la valise en catastrophe et il a mis les bouts ! On a dû l'informer de ce qui venait de se passer à Bad-Peterstal, pas de doute !

Coplan questionna :

— Il est rentré à Bonn ?

— Mais non, justement ! Il est en route pour Moscou ! Mon informateur est formel sur ce point, c'est le concierge du *Brenner's Park* qui a téléphoné la réservation à l'aéroport de Cologne !

Legay prononça à mi-voix :

— Cette fuite est un aveu, évidemment.

Mais Coplan, le regard pensif, murmura :

— Eh bien, je me le demande. La fuite précipitée de ce Korzinoff a peut-être une autre signification. Et si ça se trouve, Wagner n'a pas menti en parlant de sa lettre de dénonciation confiée à un notaire.

Il s'adressa à l'officier du Deuxième Bureau.

— Merci pour ce coup de main, Normand. Nous rentrons à Strasbourg, mais nous resterons en contact avec vous par le truchement de Losser.

***

A Strasbourg, dans son bureau de la D.S.T., l'inspecteur Losser attendait, comme il l'avait promis, le retour des deux agents du S.D.E.C.

— Je suis au courant des événements, dit-il à Coplan. Mon collègue Stein m'a tout raconté au téléphone. C'est navrant, ce qui s'est passé. Mais, comme disent les Anglais, ça ne sert à rien de pleurer sur du lait répandu. Quelles sont vos intentions maintenant ?

— Tout dépend de vous, Losser, émit Coplan. Je ne sais pas exactement ce que Stein vous a relaté, mais il y a deux choses qui doivent retenir notre attention à présent. Primo : dans son ultime conversation avec son amie Nicole, Wagner s'est targué d'avoir déposé chez un notaire une lettre qui lui assurait une protection efficace vis-à-vis de ses complices et du patron de son organisation. C'était peut-être un dernier coup de bluff de la part de ce jeune fou mais c'était peut-être la vérité. Secundo, l'homme qu'il a cité comme étant son chef suprême, le diplomate soviétique Dimitri Korzinoff s'est envolé à destination de Moscou toutes affaires cessantes. Alors, de deux choses l'une : ou bien ce Russe a plié bagage en prévision des actions que le testament de Wagner allait déclencher, ou bien sa fuite est un aveu de culpabilité. C'est cette question-là qui doit être élucidée en priorité.

— Je ne peux rien faire un dimanche après-midi, cela va de soi, marmonna Losser. Mais je vous promets de m'atteler à cette tâche dès demain matin à la première heure. Si Wagner a confié un pli à un notaire, nous serons fixés avant la fin de la journée.

Jean Legay intercala :

— Wagner n'a pas précisé qu'il s'agissait d'un notaire de Strasbourg.

— Aucune importance, assura Losser. S'il ne s'agit pas d'un notaire de Strasbourg, ce sera un peu plus long, c'est tout. Notre centre parisien est outillé pour des recherches de ce genre. Je vous le répète, nous serons fixés demain, avant la fin de la journée. Je crois que Stein vous a confié les documents officiels à fournir au notaire ?

— Oui, les voici, dit Francis en déposant un pli sur le bureau de l'inspecteur.

— O.K. Revenez demain vers 9 ou 10 heures du matin. Je vous dirai où j'en suis.

Coplan et Legay s'en allèrent. Legay avoua soudain :

— Je crève de soif, pas toi ?

— Si, je boirais volontiers un verre de bière.

Ils se rendirent à pied à l'*Ancienne Douane,* un des plus sympathiques cafés de la ville. Il y avait un monde fou. Presque toutes les tables alignées dans les trois grandes salles que comportait l'établissement étaient occupées. Par une belle journée dominicale pareille, les touristes et les promeneurs éprouvaient le besoin de se désaltérer.

Lorsque le serveur eut déposé devant chacun d'eux une belle chope de bière fraîche et mousseuse, Legay dit à mi-voix :

— Je sens que tu as le cafard, Francis, mais je bois quand même à la réussite de notre affaire.

— Oui, avoua Coplan, j'en ai gros sur la patate, mon petit Jean. Et ce qui me tarabuste, vois-tu, c'est l'éternelle question : pourquoi cette fin absurde ? Nicole valait tellement mieux que cela. Que signifie un destin comme le sien ? Tant de qualités humaines, tant de beauté physique et même morale, oui, tant d'intelligence et de grâce... Et, finalement, fauchée en pleine jeunesse. C'est tout juste s'il en reste un petit tas de cendres... Il y a de ces choses qui vous restent en travers de la gorge.

— Quel est le poète qui a écrit : « Si j'étais Dieu, j'aurais pitié du cœur des hommes ? »

— Maeterlinck... Mais je dirais plutôt : *si j'étais homme, j'aurais pitié du cœur de Dieu.*

Ils burent en silence.

***

Le lendemain matin, à neuf heures tapant, Coplan et Legay arrivaient au bureau de l'inspecteur Losser. Celui-ci leur annonça :

— J'ai lancé les investigations. Il est un peu tôt pour avoir des résultats, mais nous serons vite fixés en ce qui concerne Strasbourg et environs. Si ça ne donne rien, Paris prendra le relais. J'ai déjà alerté le centre de la D.S.T.

En fait, moins de deux heures plus tard, toute l'affaire était réglée. Jean-Paul Wagner avait bel et bien déposé entre les mains d'un vieux notaire de sa ville natale une lettre-testament à remettre aux autorités policières de Strasbourg en cas de décès.

Dans cette grosse enveloppe brune scellée à la cire, l'inspecteur Losser trouva une liasse de feuillets dactylographiés qui constituaient un inventaire complet et détaillé de toute l'organisation de renseignement mise sur pied par Wagner.

Losser, en parcourant les feuilles, maugréa :

— C'est bien ce que nous pensions, la centralisation des informations passait par deux Polonais qui font partie de la commission économique permanente en Alsace. Et c'est Dimitri Korzinoff qui coiffe la totalité des réseaux. Notre erreur, c'est d'avoir sous-estimé Wagner. Ce morveux n'était pas un lampiste, loin de là. C'était lui qui avait la responsabilité du secteur français de l'organisation.

Coplan ricana :

— N'empêche que cette découverte ne me fait pas changer d'opinion : ce gosse de riche a été manipulé par les Russes sous le couvert du combat idéologique.

— Classique, non ? fit Losser.

Puis, poursuivant sa lecture :

— A première vue, les objectifs de ces réseaux concernent principalement les organisations européennes : Marché Commun, Communauté charbon-acier, Conseil de l'Europe, etc. Ces gens de Moscou sont décidément incroyables. Ils peuvent trouver tout ce qu'ils veulent dans les publications officielles de ces institutions, mais malgré cela ils s'acharnent à recruter des antennes clandestines dans chacun de ces organismes.

Legay fit remarquer :

— Il faut bien admettre que ça ne leur réussit pas mal. Les gros bonnets du Kremlin savent tout avant tout le monde. D'ailleurs, s'ils consacrent des sommes fabuleuses à entretenir tant d'espions, c'est que cet investissement leur paraît rentable.

— Oh, je n'ai jamais dit qu'ils étaient bêtes, affirma Losser. En tout cas, nous avons du pain sur la planche, avec ces listes. Les personnes dont les noms figurent sur cette nomenclature vont devoir s'expliquer.

Coplan enchaîna sur un ton acerbe :

— Sauf les morts, et il y en a quelques-uns.

— Bien entendu, opina Losser. Les morts n'ont plus de comptes à rendre à la justice des hommes. Je vais faire photocopier ces feuilles, vous en confierez un jeu à mon bon ami Tourain.

— Si ça ne vous fait rien, dit Francis, faites-en photocopier trois jeux supplémentaires : un pour mon directeur, un pour le ministère de l'Intérieur et un pour mon usage personnel.

Losser regarda Coplan.

— Vous avez des archives personnelles ? s'enquit-il, un peu surpris.

— Non, pas exactement. Mais l'affaire n'est pas tout à fait terminée pour moi. Il y a quelque chose qui ne colle pas dans cette histoire. Je ne suis pas sourd, et mon ami Legay l'a entendu comme moi, Wagner s'était arrangé pour aviser Korzinoff qu'il avait déposé chez un notaire un pli contenant une dénonciation très précise à l'encontre du patron suprême de son organisation. Or, les faits démontrent que Korzinoff n'a pas tenu compte de cette menace. Pourquoi ?

Losser répondit :

— L'administration soviétique est un bulldozer, c'est bien connu. Si Korzinoff a reçu des ordres, il doit les exécuter.

Coplan esquissa une moue sceptique.

— Vous savez, inspecteur, j'ai rencontré pas mal d'officiers du G.R.U. dans ma carrière. Aucun d'entre-eux ne m'a jamais donné l'impression qu'il était un crétin. Que Dimitri Korzinoff, avec une pareille épée de Damoclès suspendue au-dessus de sa tête, ait pu prendre la décision qu'il a prise, ça me dépasse. Pour parler franchement, je n'y crois pas. Ces types du Renseignement militaire soviétique sont plus retors que cela.

— C'est votre affaire, rétorqua Losser, pas la mienne. Le testament de Wagner est là, sous mes yeux, et c'est une récolte qui me satisfait pleinement. Je vous ferai tirer toutes les photocopies que vous désirez.

***

Coplan et Legay arrivèrent à Paris vers 19 heures. Comme ils roulaient sur le périphérique, Francis dit à son ami :

— Si ça ne t'embête pas, faisons un crochet par Montmorency. Nous verrons le Vieux demain matin. Losser l'a sûrement déjà mis au parfum via Tourain.

— O.K. Tu aimerais voir Simon Pertel, je suppose ?

— Le voir et lui parler. Ce tueur aux aiguilles empoisonnées m'intrigue. Je pense que tu as remarqué comme moi qu'il ne figure pas dans le schéma général tracé par Wagner ?

— C'est logique, non ?

— Oui, bien sûr. Il n'opérait pas sous l'autorité de Wagner. Mais cela implique peut-être autre chose aussi. C'est un aspect de la question que je voudrais tirer au clair.

Après sa capture dans l'appartement de Nicole Bonnel, Simon Pertel n'avait pas été conduit à Fresnes ou à la Santé. Conformément aux ordres de Coplan, l'assassin de Christian Mergin avait été enfermé dans le sous-sol d'une villa isolée de la banlieue nord de Paris, une villa appelée « *La Feuilleraie* » et sise à la limite de Montmorency.

Dès qu'ils eurent atteint leur destination, Coplan alla trouver le prisonnier.

— Bonsoir, dit-il assez sèchement au grand type maigre et pâle qui était allongé sur son lit. Vous me reconnaissez ?

— Ben dame ! fit Pertel, presque goguenard. On n'oublie pas si facilement l'homme qui vous a épinglé.

— Comment ça se passe, votre détention ? On ne vous a pas maltraité, j'espère ?

— Je suis choyé comme un coq en pâte, railla le détenu.

— Vous avez sans doute deviné que vous n'êtes pas dans une prison ?

— Et comment ! La prison, je sais ce que c'est ! Mais je me garde bien de me réjouir. Les Services Spéciaux, c'est sérieux. Vous allez probablement m'expliquer que le respect des droits de l'homme n'est pas votre souci majeur ?

— Exactement.

— Et me faire des propositions ?

— Oui, mais pas tout de suite. J'aimerais que vous me parliez un peu de vous d'abord. On m'a dit que vous étiez Polonais ?

— Oui, je suis Polonais, confirma Pertel en se redressant pour adopter la position assise. Né à Varsovie et docteur en médecine.

— Sans blague ? Vous êtes toubib ?

— Je ne plaisante pas. Je n'ai pas eu le temps d'exercer mais j'ai les diplômes requis.

— Pas eu le temps d'exercer, c'est vous qui le dites ! rétorqua Francis. Vous avez opéré Christian Mergin d'une façon magistrale.

— Les Soviétiques sont passés maîtres dans l'art d'utiliser les compétences.

Coplan arqua les sourcils, marqua un temps d'arrêt. Puis, d'une voix calme :

— Dois-je comprendre que vous me tendez la perche ?

— Sait-on jamais ? Vous ne vous figurez tout de même pas que c'est par vocation ou pour mon plaisir que je fais ce que je fais ? Les communistes m'ont sorti de prison pour faire de moi un tueur discret. Il a fallu que je tombe sur un type comme vous pour me faire agrafer. Tant pis. Je ne me plains pas. La prison de Varsovie, le K.G.B. ou la mort, le choix ne mérite même pas qu'on s'y attarde.

— Pourquoi avez-vous été emprisonné à Varsovie ?

— Officiellement, pour avoir pratiqué une dizaine d'avortements. En réalité, pour avoir tenu des propos antisoviétiques à la Faculté de Médecine. Les flics ont des longues oreilles et une mémoire d'éléphant. J'en ai pris pour dix ans.

— Pourquoi vous a-t-on libéré ?

— Libéré, c'est beaucoup dire. Le K.G.B. a sans doute estimé que c'était idiot de laisser pourrir dans un cachot un gars de mon genre : jeune, sportif, parlant six langues et médecin en plus. Ils m'ont offert le marché.

— Et vous avez accepté, naturellement.

— Naturellement.

— J'espère que vous accepterez également mes propositions.

— Pourquoi pas ?

— Tenez, parcourez d'abord ces feuillets. C'est le relevé complet du réseau d'espionnage organisé par Jean-Paul Wagner sous la direction de Dimitri Korzinoff. Je vous signale à toutes fins utiles que Wagner et son amie Nicole sont morts. Ils ont brûlé vifs dans la voiture de Wagner qui avait été piégée.

Pour le coup, la fausse ironie affichée par Simon Pertel disparut de ses traits.

— Non ? lâcha-t-il, effaré. Wagner a été liquidé ?

— Je vous apporterai les journaux demain matin. Cela s'est passé hier à Bad-Peterstal, dans la Forêt-Noire.

— Oh, mais je vous crois ! Korzinoff doit être fou de rage, j'imagine ?

Pertel parcourut les feuilles photocopiées, les restitua à Coplan en disant :

— Ce n'est que la partie visible de l'iceberg.

— Korzinoff est votre patron ?

— Non, mon vrai patron, mon geôlier moral, c'est Boris Ternenko. Il exerce la profession de chauffeur à l'ambassade soviétique de Bonn.

— Comment s'articulent les rapports entre ces deux Russes qui s'occupent apparemment des mêmes problèmes ?

Le prisonnier dévisagea Coplan avec un petit sourire indéfinissable, et il murmura :

— Votre question me laisse penser que vous avez déjà compris où le bât blesse. Korzinoff, c'est l'Armée Rouge. Ternenko, c'est le K.G.B.

Ces deux mastodontes cherchent à se dévorer l'un l'autre. On retrouve cette situation un peu partout dans les grands pays, c'est un secret de polichinelle. Pour moi, c'est clair comme de l'eau de roche. Ternenko s'est arrangé pour faire liquider Wagner et se débarrasser du même coup de Korzinoff.

— Oui, acquiesça Francis, je suis convaincu que vous avez raison. Korzinoff, dès qu'il a appris la mort de Wagner, a sauté dans un avion pour Moscou.

— Pardi ! Vous auriez fait la même chose à sa place, n'est-ce pas ?

Coplan ne répondit pas. Son cœur battait à grands coups dans sa poitrine. Enfin, il connaissait le nom de l'assassin de Nicole.

Pertel articula :

— Et vos propositions ?

Il eut une mimique désabusée, ajouta :

— Maintenant que je me suis mis à table, je ne vous intéresse plus ?

— Si, et je vous avouerai même que vous m'êtes plutôt sympathique... Ceci dit, vous avez un meurtre sur la conscience, vous êtes bien d'accord là-dessus ?

— Je n'avais pas le choix.

— Eh bien, moi je vous offre le choix, décida Francis, le visage grave. Si vous me donnez un coup de main pour éliminer Ternenko, je vous rends votre liberté.

— Je ne connais ni votre nom ni vos fonctions, mais ce que vous venez de dire me paraît un peu présomptueux. Il n'y a plus de liberté pour moi en ce monde, sauf si je change d'identité et d'apparence. J'ai deux frères plus âgés que moi qui sont établis aux U.S.A. et dont les affaires sont assez florissantes. Je suis sûr qu'ils m'accueilleraient et qu'ils m'aideraient à refaire ma vie.

— Vous procurer une nouvelle identité légale et modifier votre aspect, ce sont deux conditions que je suis en mesure de satisfaire. Le seul obstacle à franchir, c'est d'obtenir le feu vert de mon supérieur pour vous relâcher.

— Il y a peut-être une solution ? souffla le prisonnier, le regard anxieux.

— Oui, une seule.

— Allez-y.

— Que vous acceptiez d'être notre honorable correspondant aux Etats-Unis. Si vous souscrivez cet engagement, mon directeur estimera, en son âme et conscience, qu'il est autorisé à passer l'éponge. Dans notre corporation, la fin justifie les moyens.

— J'accepte, dit Pertel sans hésitation.

ÉPILOGUE

Deux semaines plus tard, on put lire dans les journaux que l'un des chauffeurs de l'ambassade d'U.R.S.S., à Bonn, avait été retrouvé sans vie au volant de sa voiture dans la banlieue de Bonn. Selon les déclarations des médecins, le malheureux employé, un nommé Boris Ternenko, avait été terrassé par une hémorragie cérébrale.

Le lendemain, rentré d'Allemagne, avec son nouvel ami Serge Pergaud, Coplan conduisit personnellement à l'avion en partance pour New York son *ami* — alias Simon Pertel — qui s'en allait aux U.S.A. en qualité de contrôleur sanitaire d'une grosse firme française implantée en Amérique du Nord.

Le Vieux avait bien fait les choses. Par amitié pour Coplan, peut-être ?

Vers 17 heures, ce même jour, Francis poussait la porte d'un marchand de tableaux de la rue de Seine, dans le 6e arrondissement, à Paris.

— On m'a parlé d'un tableau de Bernard Buffet qui serait actuellement disponible sur le marché, dit-il au patron de la boutique. C'est un quai de la Seine du côté du canal Saint-Martin. On m'a fait voir une reproduction de la toile et je suis très attiré par cette peinture.

— Vous êtes bien renseigné, dit le marchand. Oui, je peux vous procurer cette toile. Elle a d'ailleurs été expertisée par mes soins.

— Vous l'avez en magasin ?

— Non, mais je peux la tenir à votre disposition dès demain matin à 11 heures. Les œuvres de cette valeur, je les mets en sûreté dans un coffre de banque.

— Combien ?

— Tous frais compris, 40 000 francs. Et ce n'est pas cher, croyez-moi. S'il ne doit rester qu'un peintre de notre époque, ce sera Bernard Buffet. Vos enfants vous béniront, je m'en porte garant.

Coplan plaisanta :

— Mes enfants, il faudra d'abord que je les fasse. Mais je suis preneur. Je vais vous faire un chèque, d'accord ?

— Attendez au moins d'avoir le tableau, objecta le marchand, surpris.

— Je vous fais confiance. Je reviendrai demain vers 11 h 30 pour prendre livraison de la marchandise.

— Si vous y tenez...

Le lendemain, quand il accrocha la toile de Bernard Buffet dans son appartement, Coplan se sentit affreusement triste.

Il avait le sentiment qu'il venait de dresser une stèle au souvenir d'une adorable jeune femme blonde qui avait traversé sa vie comme un météore.

ACHEVÉ D'IMPRIMER LE
20 JANVIER 1979 SUR LES
PRESSES DE L'IMPRIMERIE
BUSSIÈRE, SAINT-AMAND (CHER)

— N° d'impression : 2022. —
Dépôt légal : 1er trimestre 1979.

Imprimé en France.

PUBLICATION MENSUELLE